VOYAGE À LA CAPITALE DU ROI RADAMA

André Coppalle

INTRODUCTION

Avant de commencer la lecture d'un voyage, on aime généralement à connaître ; *par qui* il a été entrepris, *quels* en ont été les motifs et *quel but* on se proposa en en publiant la relation. Ces notions préliminaires aident à l'intelligence des faits, donnent aux assertions une autorité proportionnée à l'opportunité des circonstances dans lesquelles s'est trouvé l'observateur, et fixent presque toujours l'opinion du lecteur.

Puissent celles qui suivent créer une prévention qui me soit favorable !

La passion des voyages, qui m'avait fait quitter à l'âge de 20 ans ma patrie et ma famille, et qui m'avait successivement conduit des côtes de l'Amérique septentrionale aux rivages de la Méditerranée et dans diverses parties de la mer des Indes, me rendait insupportable la longue inaction où quelques affaires me retenaient dans les deux îles de Maurice et de Bourbon.

Je désirais surtout visiter Madagascar, cette grande île sur laquelle on a tant écrit, qui est fréquentée depuis si longtemps par les Européens, qui en est si peu connue encore, et dont l'intérieur vient enfin d'être ouvert à la *constance britannique*.

Tout ce que j'apprenais de ce pays curieux augmentait l'envie que j'avais d'aller moi-même m'assurer de la vérité, et me faisait regretter de ne pouvoir exécuter de longtemps le projet que j'en avais conçu. J'éprouvais une sorte de jalousie en voyant dans les feuilles publiques le nom de ceux qui venaient de voyager parmi les industrieux sauvages qui peuplent Madagascar ; et les détails qu'ils publiaient me semblaient autant de richesses qui m'étaient enlevées à moi-même.

Cependant en considérant que la plupart des relations étaient contradictoires, souvent exagérées, et qu'elles respiraient une sorte d'enthousiasme toujours ennemi de la vérité, d'où l'on pouvait présumer que les voyageurs avaient peu on mal vu, ou que le penchant pour le merveilleux, si naturel à l'homme, les avait emportés au-delà du vrai, je voyais avec quelque satisfaction qu'il restait encore beaucoup de choses à observer et à dire après eux.

Un défaut assez commun chez les voyageurs, c'est de faire des réflexions générales sur les pays qu'ils parcourent, au lieu de se borner à recueillir des faits et des observations locales, et c'est justement celui dans lequel est tombée une bonne partie des écrivains qui ont parlé de Madagascar.

Pour l'éviter moi-même, je méditais déjà de ne faire entrer dans la relation du voyage vers lequel se portaient toutes mes idées, que la narration des faits dont j'aurais été le témoin, accompagnée de quelques réflexions propres à en faire apercevoir les causes et les conséquences. Je me plaisais à tracer d'avance le plan de ce travail ; et j'économisais scrupuleusement les modiques fruits de mes occupations journalières pour me mettre à même de subvenir aux frais d'un voyage dont je ne prévoyais point encore l'époque.

Une circonstance heureuse vint à mon aide et hâta mon départ. RADAMA, roi de Madagascar, désira se faire peindre : j'offris mes talents, qui furent acceptés ; et je partis sous les auspices de Son Excellence Lowry Cole, gouverneur de Maurice, qui voulut bien recommander à M. l'agent britannique, J. Hastie, qui pendant deux années que j'ai passées à Madagascar, m'a plutôt traité en ami qu'en étranger, et dans la conversation duquel j'ai puisé d'excellents renseignements sur les mœurs et les coutumes des Malgaches. Je dois aussi beaucoup sur ce point à MM. les missionnaires et en particulier à MM. Jones et Griffith dont la société est aussi agréable que leur conduite est régulière et édifiante.

Malgré ces secours, je n'ai pu exécuter qu'une très petite partie de mes projets. Voyageant à mes propres frais, il m'avait était impossible de me procurer divers instruments dont le voyageur le plus instruit ne saurait se passer. Les miens se bornaient à une *boussole*, un *mauvais cercle* et son *horizon*. Je n'avais d'autres livres qu'une *Connaissance des tems*, une *table de logarithmes*, et un *Horace* tout étonné de voyager si loin et en telle compagnie. Ce n'est, pas, au reste, celui dont la société m'a été la moins agréable ; et dans une infinité de petites vicissitudes dont j'épargnerai le récit à mes lecteurs, je n'ai point ouvert mon Horace sans éprouver quelque consolation. À chacun des vers de l'aimable poëte, je voyais attachée une anecdote de collège, et ceux qui savent avec quel plaisir on revoit, loin de sa patrie, et dans les pays étrangers, un ami de jeunesse, comprendront combien ces souvenirs devaient former dans mes idées une agréable diversion. C'est alors que j'appréciais à sa juste valeur le magnifique éloge que Cicéron fait de l'étude des sciences et des lettres dans son discours pour le poète Archias : « Hoc studia adolescentiam alunt, senectutem oblectant, secundas redornant, adversis perfugium ac solatium praebent, delectant domi, non impediunt foris, pernoctant nobiscum, peregrigrinantur, rusticantur ». Mais revenons à mon sujet. Il m'a fallu retourner à Maurice sans avoir pu terminer mon travail. Je projetais une seconde expédition : mais *dis aliter visum*. Voilà un an que je suis de retour, et comme je ne verrai probablement plus Madagascar, je livre au public la relation de mon voyage. Elle a le mérite d'avoir été écrite sur les lieux dont elle donne la description, et (je puis le dire) en présence même des faits. Son ordre est celui des dates. Si l'on y trouve des réflexions peu conséquentes entre elles, c'est qu'en m'instruisant j'ai dû nécessairement changer quelques fois d'opinion. Quant aux faits, j'en crois pouvoir garantir la certitude, n'ayant moi-même admis que ceux dont j'ai été, en quelque sorte, le témoin oculaire, ou dont j'ai pu vérifier l'authenticité.

On ne trouvera donc en cet ouvrage que la description des lieux que j'ai parcourus. Et ce qui sera dit des mœurs, usages, etc., quoique dans des termes généraux, ne sera applicable qu'aux peuples au milieu desquels j'ai vécu.

J'ai joint à cette relation un *aperçu grammatical* de la langue malgache, et un petit vocabulaire dont les mots malgaches ont été copiés avec le plus grand soin sur un manuscrit qui me fut donné par la princesse *Ravao*, sœur de Radama, et qu'elle avait écrit de sa propre main. La prononciation est figurée ; et j'ai joint à chaque mot une phrase qui en détermine l'application.

Sur le point d'envoyer mon manuscrit en Europe pour y être publié, MM. les commissaires d'enquête, venus à Maurice par l'ordre du gouvernement britannique, m'ayant fait l'honneur de m'adresser quelques questions au sujet de Madagascar, je leur ai demandé la permission de reproduire ici, avec mes propres réponses, celles de ces questions qui m'ont paru les plus intéressantes.

J'ai encore quelques matériaux que je réserve pour un second ouvrage, si, comme je l'espère, le public accueille favorablement le premier.

Port-Louis (Ile Maurice), le 10 novembre 1827
Signé : A. COPPALLE.

AVERTISSEMENT DE COPPALLE

Tous les mots *malgaches* qui se trouvent dans cette relation sont écrits suivant la prononciation française, et accompagnés d'un renvoi à une note qui les répète avec leur véritable orthographe, et donne la traduction littérale.

Je n'ai désigné les *animaux* et les *plantes* que j'ai eu l'occasion d'observer que par leur nom *malgache*, ayant besoin, pour y appliquer la nomenclature savante, des conseils de personnes plus instruites que moi, et d'un travail personnel auquel mes autres occupations ne m'ont pas encore permis de me livrer.

Pour la même raison, je n'ai rapporté qu'une partie de mes observations géographiques, me proposant de rétablir ces omissions dans le nouvel ouvrage qui m'occupe en ce moment.

PREMIÈRE PARTIE

Arrivée et séjour de l'auteur à Foulpointe

Du 31 mai 1825.

Madagascar, que les brumes dont il est toujours environné font aisément reconnaître, ne semble offrir à ma vue qu'une vaste étendue de forêts.

La côte, d'abord très-basse, s'élève ensuite graduellement, et présente, en s'avançant vers le centre de l'île, plusieurs plans consécutifs dont on estime la plus grande élévation à 800 toises.

Une poignée d'arbres s'élève du sein de la mer ; c'est la petite *Île-aux-prunes* que chaque flot semble engloutir, et que la vitesse du navire me fait bientôt perdre de vue.

Les premiers rayons du soleil se sont échappés des mers, et commencent à colorer les objets. Un massif d'arbres touffus, surmonté de quelques cocotiers, attire mes regards au fond d'une baie environnée de récifs à fleur d'eau. J'aperçois le village de *Foulpointe*, dont les petites cabanes, encore à moitié plongées dans l'ombre des arbres qui les environnent, se dessinent avec précision sur un lointain de montagnes bleuâtres qui terminent l'horizon.

Le navire a mouillé dans le Nord-Est et près d'une pointe de sable très-basse, qui sépare la baie en deux parties d'inégale grandeur.

En arrivant à terre, je suis allé saluer le gouverneur, *Rafaralah-Andriantiane* qui, après s'être informé des motifs de mon voyage, m'a offert les secours qui étaient à sa disposition et m'a invité à dîner.

Ce Rafaralahy est un homme de 40 ans ; d'une taille ordinaire et assez bien proportionnée. Il a la tête grosse, le nez large et épaté, les lèvres épaisses, le teint cuivré et les cheveux plats. Il est habillé à l'Européenne et son maintien annonce la gêne d'un costume qui ne lui est pas familier. Obligé de converser avec lui par l'entremise d'un interprète, il m'a été difficile de bien juger de son esprit ; cependant j'ai cru trouver dans quelques-unes de ses réflexions, certaine finesse de tact que ne donne pas toujours l'éducation.

À 4 heures de l'après-midi un officier est venu m'appeler pour dîner. J'ai trouvé nombreuse compagnie, et en très peu de tems, j'ai été à même de reconnaître que M. le gouverneur n'était pas difficile sur le choix de ses convives. Au reste ces sortes de réunions ne sont pas sans mérite pour l'observateur qui aime à s'égayer.

J'ai eu à remarquer dans cette société deux femmes de Rafaralahy qui ne m'ont paru ni jeunes ni jolies ; et leur habillement, moitié malgache, moitié européen n'était certainement pas propre à relever leurs attraits. Elles étaient placées à droite et à gauche de leur époux qui n'a pas mal fait les honneurs de sa table, servie comme du tems d'Ulysse.

10 juin.

Foulpointe, ou Mâvéloune, comme l'appellent les gens du pays, a beaucoup perdu depuis que les français n'y ont plus d'établissement. À peine y peut-on compter cinquante cabanes de roseaux dont les plus grandes appartiennent aux étrangers.

Les habitans s'y divisent en trois classes : les naturels du pays même, ou *Bétsimsarakes* ; les naturels de l'intérieur ou *Ambaniandres* ; et les commerçants étrangers connus sous le nom de *traitans*.

Les Betsimsarakes sont les anciens maîtres de Mâvéloune. Il ont été soumis par Radame, roi des Ambaniandres, qui entretient chez eux une garnison sors la conduite d'un chef qui, suivant l'usage du pays, porte le nom de Panjake. C'est Rafaralahy qui est le Panjake actuel.

Les Betsimsarakes, en dépit de l'insalubrité attribuée à leur pays, sont grands, robustes et vigoureux. Leur couleur cuivrée tient le milieu entre celle du Cafre et du Malais. Leur chevelure est longue, mais laineuse, leurs traits sont doux et agréables. Les femmes sont jolies.

L'habillement des *hommes* consiste en une large toile bleue, dont ils s'enveloppent comme d'un manteau, et qu'ils savent disposer avec certaine élégance. Celui des *femmes* se compose des deux pièces : d'un *cimbou*, sorte de jupe fort ample dont les plis réunis forment un gros nœud sur la hanche gauche, et d'un *skanzou* ou corset à manches, qui ne descend qu'à la moitié du sein, de sorte que la partie du corps qui est entre la poitrine et les hanches demeure entièrement découverte.

La coiffure des deux sexes est la même. Leurs cheveux soigneusement tressés et divisés en six grosses boules, offrent un aspect plus bizarre qu'agréable.

Je ne sais s'il existe un peuple plus gai ou plus rieur que le *Betsimsarake*. Les étrangers leur font généralement un crime de ce caractère, et ne peuvent surtout leur pardonner de ne répondre à leurs emportements que par des rires inextinguibles. Mais quel est le plus fou, de celui qui s'emporte parce qu'il voit rire, ou de celui qui rit parce qu'il voit s'emporter sans raison ? La colère est un sentiment presque inconnu du Bétsimsarake, les effets, du moins, s'en font difficilement et rarement apercevoir chez lui : point de contraction dans les traits, ni d'altération dans sa voix : un mouvement brusque et une exclamation courte, mais expressive, sont les seules marques de son mécontentement, qui disparaît plus vite que le sujet qui l'a fait naître, et qui presque toujours est suivi d'un éclat de rire.

Les étrangers, comme je l'ai déjà dit, sont tous commerçants ou *traitans*. Ils échangent de la *toile*, du *sel*, des *liqueurs fortes*, etc., contre du *riz* et des *bœufs*. Mélange de *blancs*, de *mulâtres*, d'*arabes*, etc., tous confondus par les naturels sous le nom de *vazaha*, qui ne veut pas dire *blanc*, mais *homme civilisé*, ils doivent pour la plupart donner une fâcheuse idée de notre civilisation.

Les traitans sont *emménagés* avec des femmes du pays qui leur servent à la fois de truchements et de courtiers. Ces femmes que l'amour de l'argent, passion dominante du malgache, retient auprès des étrangers qu'elles n'aiment pas, et qu'elles trompent sans cesse, accourent en foule sur le rivage à l'approche des vaisseaux, et se prostituent avec une vénalité si impudente qu'on ne peut rien imaginer de semblable. Le prix de la prostitution se stipule en public, et les juges du peuple connaissent des différends qui ont lieu à ce sujet.

Les Ambaniandres ou soldats de Radama, ne se trouvant ici que comme garnison, je remets à en parler à l'époque où je traiterai de leur pays.

Foulpointe est situé au fond d'une anse formée par une plaine sablonneuse bornée à l'ouest par une chaîne de montagnes peu éloignées, et s'étendant indéfiniment vers le nord et le sud. Le sol de cette plaine, composé en grande partie d'un sable où dominent le granit et le mica, doit en partie son existence aux débris des montagnes qui l'avoisinent. On aperçoit aussi en plusieurs endroits et notamment auprès du lac de *Taratase*, les sommets de quelques rochers souterrains, formés d'une pierre primitive que les torrens n'ont encore pu endommager. Les sables ne font donc que recouvrir le sol primitif ; et c'est ce qui rend raison de la beauté de la végétation dans les arbres à longues racines et de la santé languissante des arbrisseaux et de certaines plantes potagères. Il est pourtant remarquable que le sol est plus productif ; qu'il est, je veux dire, plus favorable aux légumes, à 20 toises des bords de mer, qu'à une plus grande distance ; mais cela s'explique en considérant que cette largeur de 20 toises est précisément celle de la barre de sable qui, poussée sans cesse par les flots de la mer, forme l'embouchure des rivières et des ruisseaux, et les oblige à déposer sur ses bords les débris de végétaux qu'ils apportent de l'intérieur. Je ferai observer, en passant, que cette barre de sable est probablement aussi la cause indélébile de l'insalubrité de la côte de Madagascar.

Une multitude d'arbrisseaux épineux bordent le rivage. On remarque surtout le *tinetoune* qui porte un fruit à pépins dont la forme et le goût rappèlent la prune ; le *vantaka* arbrisseau assez semblable au précédent, mais dont le fruit gros comme les plus belles oranges, et absolument de la même couleur, trompe les yeux des étrangers. Ces deux fruits se mangent : mais le *voa-vantaka*, ou fruit du *vantaka*, ne plaît pas à tous les goûts. Les citronniers ne se trouvent qu'à quelques lieues dans l'intérieur. Ce n'est aussi qu'à cette distance que l'on commence à cultiver le riz, le tabac, la canne à sucre, etc.

Dans le petit nombre d'excursions que j'ai faites depuis mon arrivée, je n'ai remarqué d'arbres éminemment utiles que l'*Arounga*, qui produit la *gomme gutte* et dont la feuille soumise à l'ébullition donne une teinture égale à celle du *fernamboue* ; le *ravina-tsare* espèce de muscadier fort connu dans les colonies de Maurice et de Bourbon ; le *férafère*, ou poivre de Madagascar ; le *fenguère*, sorte de figuier, dont la sève coagulée devient une gomme élastique : le *raofia* de la feuille duquel se tirent ces fils déliés qui servent à faire les belles toiles connues à Maurice sous le nom de *pagnes* ; le *ravina* ou ravenal, dont les feuilles et éventail forment à leur centre commun un réservoir où se conserve dans toute sa limpidité l'eau que les pluies y ont déposée ; ces feuilles servent, au Bétsymsarake de nappe, d'assiette, de cuiller, de coupe, et font d'excellents toits pour les maisons ; l'*asse*, espèce de palmier dont la tige déliée sert de chevrons pour les toits, et avec lesquels on fait une sarbacane appelée *tsirika* ; le *bambou*, espèce de roseau bien connu, et qui est le plus utile peut-être aux naturels de Madagascar.

La demeure du Panjake est au milieu d'un vaste enclos formé d'un triple rang de pieux. Cette maison qui n'a qu'un seul appartement, avec deux ouvertures du même côté, est faite de madriers équarris plantés en terre et unis dans leur partie supérieure par des arêtiers qui soutiennent le toit dont le faîte est orné de deux fourches.

Tout près est un petit belvédère avec un mât de pavillon.

Dans cette même enceinte se voient les ruines de quelques édifices, bâtis par les français, et une pierre de possession aux armes du Roi de France. À deux cent pas dans l'Ouest de l'enclos, quelques arbres environnés de pieux indiquent d'anciennes sépultures, et sous un buisson dont les ronces gardent l'approche, on lit avec peine sur une roche couverte de mousse l'inscription suivante : « Augustus Couillandeau de la Touche Chirurg. die decimo septimo octobris obivit, anno domini M. DCC. LXIX, actatis vero LII. »

La baie de Foulpointe est très-poissonneuse, mais les huîtres et les coquillages en général, ont sans doute déserté depuis le passage de M. l'abbé Rochon, car personne ici n'en connaît, ni ne se rappelle en avoir jamais vu.

À deux milles environ dans le Nord de Foulpointe on trouve l'embouchure d'une jolie rivière nommée par les naturels *Aonibé*. Celle que l'en appelle *Taratase* n'est réellement qu'un lac qui communique avec l'Aonibé et qui est sans doute formé par elle, et qui s'avance en suivant la côte jusqu'à un demi-mille de Foulpointe.

Le lac de Taratase, environné d'arbrisseaux marécageux, est le repaire d'une multitude de caïmans qui en rendent la navigation très-dangereuse. Il est aussi habité par une foule d'oiseaux aquatiques parmi lesquels on distingue le *vanou-foutsy*, ou cygne blanc, le *langourou*, le *tsiriry*, le *vivy*, le *kabouke*, le *dougoutra*, etc. On trouve en général dans les environs de Foulpointe un grand nombre d'oiseaux de diverses espèces, la plupart inconnues en Europe, et presque tous remarquables par la beauté de leur plumage. Les amateurs de la chasse y peuvent aisément satisfaire leur goût pour cet exercice, auquel il faut pourtant se livrer avec une certaine modération à cause de l'insalubrité du climat.

Il y a fort peu d'animaux nuisibles à Foulpointe. Les divers serpents qu'on y remarque (un seul excepté, qu'il n'approche pas des habitations) ne sont point dangereux. Une grosse *couleuvre* vient quelquefois dans les maisons, mais c'est pour faire la chasse aux rats pour qui seuls elle est à craindre. Le *scorpion* et le *cent-pieds* n'y sont pas plus venimeux qu'à Maurice.

Au résumé Foulpointe offrirait aux étrangers un séjour agréable sans l'humidité presque continuelle qui y règne et sans la difficulté qu'on y éprouve pour se procurer de l'eau potable. Celle que l'on y boit communément provient de *Taratase*, mais sa couleur rouge qu'elle doit aux décompositions végétales annonce qu'elle est peu salubre ; celle que l'on obtient en creusant dans le sable des trous qui se remplissent d'eau par infiltration, tient en dissolution des sels dont le moindre inconvénient est de donner une saveur désagréable.

Le village de Foulpointe est par les 17° 40′ de latitude Sud, et par les 47° 33′ de longitude à l'Est du Méridien de Paris.

19 juin.

En remontant la rivière d'*Aonibé* l'espace d'environ 15 milles on arrive à un petit village nommé par les naturels d'*Amboudyriane* mot que l'on ne peut traduire en français avec la même concision, et qui signifie *la fin de l'eau qui coule au milieu des cailloux*.

Vingt ou trente cabanes dont la fragilité annonce tout-à-la-fois, et l'heureuse insouciance des habitants, et la douceur d'un climat qui ne leur fait pas sentir le besoin de demeures plus solides.

Aux pieds de ces cabanes, une eau claire comme le cristal coulant avec rapidité sur un sable étincelant de particules d'un brillant métallique ;

De l'autre côté de l'eau, une chaîne de petites montagnes couvertes de bambous dont le vert un peu foncé s'affaiblit en s'éloignant et se perd en un lointain bleuâtre ; sur le penchant des collines quelques habitations éparses environnées de champs de riz dont la couleur tendre laisse agréablement reposer la vue :

Tel est Amboudiriane, lieu vraiment intéressant pour le voyageur dont l'âme peut s'émouvoir à l'aspect imposant des grands accidents de la nature, et n'être pourtant pas insensible aux naïves beautés d'un site riant et champêtre.

Les commerçants de Foulpointe ont des maisons de *Traite* à Amboudiriane, où la rivière commence à être navigable aux pirogues qui y viennent de Foulpointe pour chercher les riz traités.

Les terres d'Amboudiriane, quoique sablonneuses, paraissent de bonne qualité et propres à la culture.

En descendant la rivière, on voit sur la rive droite les traces d'une ancienne habitation d'Européens. Elles se reconnaissent à une belle avenue de *manguiers* et à plusieurs autres arbres exotiques disposés symétriquement. Le lac de Taratase par lequel on passe pour se rendre d'Amboudiriane à Foulpointe, est presque entièrement couvert de plantes et d'arbrisseaux aquatiques. On navigue réellement au milieu d'une forêt dont les sentiers sont étroits, et à chaque instant interrompus par les branches et les herbes.

29 juin.

Dès le lendemain de mon arrivée à Foulpointe, Rafaralah avait écrit au Roi pour m'annoncer et lui demander ses ordres. La réponse n'était point encore venue, et une révolte presque générale des naturels de la côte de l'est, rendait chaque jour de plus en plus difficile les communications avec l'intérieur. L'orage après avoir longtemps grondé dans le nord, s'était enfin approché jusqu'au point de nous faire craindre ses coups.

Le malate *Sasse*, chef des Bétsymsarakes révoltés, marchait sur Foulpointe, augmentant chaque jour son armée des naturels qu'il trouvait sur sa route.

Quelques soldats Ambaniandres envoyés à sa rencontre avaient été massacrés ; et Rafaralah, au lieu d'en envoyer de nouveaux pour s'emparer des passages les plus importants, se tenait renfermé dans son enclos, immobile de frayeur, et expédiant courriers sur courriers à Jean-René, gouverneur de Tamatave, pour lui demander du secours.

Après avoir quelque tems balancé, Jean-René qui n'était pas lui-même sans crainte, envoya une petite pièce de campagne, 20 soldats Ambaniandres, et environ 200 Bétaniménes indisciplinés. Rafaralahy encouragé par ce renfort, se préparait à attaquer Sassy qui n'était plus qu'à 2 lieues de Foulpointe, mais celui-ci ne lui en donna pas le temps.

Le 27 juin au matin, quelques coups de fusil tirés dans le nord du village ont annoncé l'attaque des ennemis. J'étais à déjeuner, un émissaire du Panjaka vient m'appeler à la défense commune. J'y cours sans trop savoir en quoi je pourrais être utile. On me conduit après de la pièce de campagne dont je dois faire le service avec deux autres Européens déjà installés dans leurs fonctions. Ces messieurs devaient sans doute à leurs talents militaires le poste qu'on leur avait confié ; mais quant à moi, j'avoue ingénument que je n'avais nul droit au choix honorable que la sagesse du Panjaka avait déterminé en ma faveur. C'était pour la première fois de ma vie que j'approchais d'un canon ; et si celui que j'ai été chargé de pointer en ce jour a commis quelque meurtre, c'est la fatalité seule qui est coupable ; car je déclare qu'ayant la vue basse, je n'ai même pas aperçu l'ennemi vers lequel je dirigeais mes coups. Il paraîtrait pourtant que j'aurais été un des héros de cette journée ; et des personnes très-croyables ont dit qu'elles m'avaient vu sourire au sifflement des balles qui passaient sur nos têtes.

Quoiqu'il en soit, l'action n'a pas été très-chaude, et le capitaine ambaniandro venu de Tamatave, ennuyé de voir tirailler sans succès, a marché *à-la-bayonnette* sur les ennemis, avec une audace aussi incroyable que la lâcheté de ses adversaires, qui, au nombre de plus de 2.000, se sont enfuis en désordre devant 20 hommes groupés, en une petite masse qu'une seule décharge de fusil eut pu anéantir. Telle a été l'issue du combat.

En poursuivant les malates, nous avons vu avec surprise trois retranchements successifs, bien construits et avantageusement placés. Cinquante hommes eussent pu y arrêter la petite armée de Rafaralah ; mais la lâcheté ne connaît de salut que dans la fuite. Les pauvres malates, pour rendre la leur plus légère, avaient jeté jusqu'à leurs armes. La route était parsemée de *laïfou*, de bâtons pointus et durcis au feu, de bonnets, de vases pour faire cuire le riz, etc.

Rafaralah pendant tout le combat, s'est tenu renfermé dans son enclos dont il n'est sorti que pour aller avec ses femmes célébrer sur le champ de bataille, une victoire qui lui avait peu coûté et dont il a abusé en insultant aux cadavres des ennemis et en faisant tuer les prisonniers dont la tête a été exposée sur des piquets le long de la voie publique, et le corps jeté à la voirie.

Je m'arrête un instant pour faire une réflexion de quelque intérêt. J'ai dit que le caractère du malgache était un fond de gaîté presque inaltérable. Ce caractère ne l'abandonne pas même au sein des horreurs. J'ai vu le Bétsimsaraka dans ses fêtes, et dans l'intérieur de sa vie privée, je l'ai retrouvé au combat parmi les meurtres et le carnage, et j'ai constamment remarqué en lui le même visage riant. Cette gaieté ne disparaît que dans un danger imminent, et c'est en faisant place à un découragement total qui ôte à l'individu toutes ses facultés physiques et morales.

Les Betsimsarakas commencent le combat en poussant des cris aigus qu'ils renouvellent à chaque succès ; et ils se servent pour sonner les charges, d'un coquillage qu'ils nomment Antsouve dont le son éclatant ressemble à celui du cor avec lequel les bergers de la Bretagne appellent leurs troupeaux.

Leurs armes sont la lance et le fusil. Ils combattent sans ordre, et se postent ordinairement derrière quelque buisson d'où ils puissent, sans être vus, ajuster leur ennemi.

Les 20 hommes venus de Tamatave et qui ont chargé l'ennemi avec une si heureuse audace, sont armés, habillés et disciplinés à l'Européenne ; et je ne sais si des Européens eussent mieux fait qu'eux.

1er juillet.

Sasse, ce chef malate qui est venu attaquer Foulpointe, et dont la fuite a abattu le parti, est l'ancien maître de ce village. Ses guerres continuelles avec *Tsy-montana*, son frère, avaient longtemps nui au commerce, lorsque Radama, dont la puissance venait d'être augmentée par la conquête des Bezounzounes, peuple limitrophe des Betsimsarakas, profita de la mésintelligence des deux frères pour s'emparer du pays dont ils se disputaient l'autorité.

Sasse, obligé de céder à la force, s'était retiré dans le nord, attendant pour secouer le joug une occasion qui vient enfin de s'offrir ; mais dont le peu de courage de ses partisans ne lui a pas permis de profiter, ainsi que je viens de le dire. Tsy-montana, d'un caractère faible, s'était soumis de bonne foi à Radama, et loin de participer à la révolte de son frère, il est resté avec nous à Foulpointe où je le vois fréquemment. Son physique n'a rien de distingué, et je ne me suis pas aperçu que les événements de ces jours derniers aient fait sur lui la moindre impression. Sa famille et celle de Sasse m'entourent. Craignant également amis et ennemis, les femmes Betsimisarakas ont l'habitude de se réfugier dans la maison des blancs, auxquels dans toutes les guerres, on a jusqu'à présent, laissé au moins la vie.

La mère de Sasse est du nombre de réfugiées. Cette femme a conservé dans l'état privé auquel les évènements l'ont réduite, une dignité fort rare parmi les Betsymsarakes, son air taciturne et ses yeux humides de larmes annoncent malgré elle les chagrins qu'elle ressent. On l'appelle *Bessane* elle a près d'elle *Moutsou*, sa fille, qui n'a de recommandable que sa naissance. Elle semble indifférente à tout ce qui se passe.

Il y a beaucoup de versions différentes, tant sur l'origine des *Malates*, que sur l'étymologie de leur nom. Plusieurs vieillards que j'ai consultés à ce sujet, s'accordent pourtant à dire que cette famille, (à laquelle appartient Sasse) descend des blancs qui habitaient autrefois Ste Marie... Quant à leur nom de *Malate* je ne serais pas surpris que ce fût une altération de celui de *Mulâtre*. Leur couleur beaucoup plus claire que celle des autres naturels donnerait quelque vraisemblance à ces opinions. Ils ont une très grande influence sur le peuple de la côte. La toute-puissance de Radama pourra les détruire, mais leur crédit leur survivra de longtemps chez un peuple qui les associe à la divinité.

30 juillet

J'ai reçu le 22 de ce mois une lettre de Radama qui me remercie des services que je lui ai rendus dans le combat de Foulpointe et par laquelle il m'invite à monter de suite à sa capitale.

Depuis longtemps Foulpointe n'avait été aussi brillant qu'il l'est en ce moment. Sept bâtiments en rade, parmi lesquels on remarque deux corvettes l'une française et l'autre anglaise ; à terre M. l'agent anglais Hastie, et Jean-René, gouverneur de Tamatave, qui arrive enfin lui-même au secours de Rafaralah, lorsque la guerre est terminée.

Ce Jean-René a une physionomie fort originale ; sa grosse tête aplatie du sommet, son teint rouge et inégal, ses joues creuses, ses yeux enfoncés à moitié cachés par un sourcil épais, ses moustaches à la bouzarde lui donnent un air plus sauvage que celui d'aucun naturel de Madagascar. Il est créole de Maurice. D'abord traitant à Tamatave, il est ensuite devenu chef, et prend en ce moment le titre de *Prince des Bétanimènes*.

M. Hastie est venu me voir et a bien voulu me donner quelques conseils relatifs à mon prochain voyage.

La corvette anglaise, n'est ici qu'accidentellement. Elle s'en allait dans le nord, élongeant la côte à une petite distance de terre. M. Hastie lui a fait un signal, et elle est venue de suite au mouillage. Deux cents soldats Ambaniandres s'y embarquent en ce moment. M. Hastie qui les accompagne, doit partir demain pour la Pointe à Laré où s'effectuera le débarquement. Il paraît que l'intention de M. l'agent anglais est de couper la retraite aux malates qui depuis l'affaire de Foulpointe, s'en vont à petites journées vers le nord où est le foyer de la révolte.

Quatre-vingt soldats Ambaniandres, et deux cents Bétanimènes viennent aussi d'être expédiés par terre du même côté.

Les nouvelles les plus surprenantes se débitent en ce moment à Foulpointe. Messieurs les traitans ont l'esprit inventif, et il est intéressant de remarquer que ce génie créateur est accompagné en eux d'une certaine bonhomie qui les rend eux-mêmes leurs premières dupes, et tel a fabriqué le matin une nouvelle, qui l'entendant raconter le soir, avec une foule de circonstances corroborantes, finit lui-même par se laisser persuader.

De tout ce qui se dit voici, je crois ce que l'on peut admettre ; que la corvette française est venue apporter une lettre pour Radama ; que Jean-René et Rafaralahy ne sont pas en trop bonne intelligence ; qu'enfin M. Hastie a fait à Rafaralahy des reproches sérieux sur son inaction et l'a déterminé à envoyer des soldats dans le nord. La nouvelle du massacre des Ambaniandres dans les environs du Fort-Dauphin paraît aussi se confirmer.

7 août.

M. Hastie arrivé hier à cinq heures de l'après-midi, est reparti ce matin pour Tamatave où il prétend être ce soir même. Il faut que cet homme soit d'un tempérament bien robuste pour pouvoir résister à la fatigue de tant de voyages qu'il fait toujours à pied, quelque temps qu'il fasse et n'ayant pour se prémunir contre la pluie et contre l'ardeur du soleil qu'un manteau et un chapeau de paille recouvert de toile. C'est, dit-il, cet exercice continuel qui le garantit de la fièvre.

M. Hastie a rapporté la nouvelle du premier avantage remporté par les troupes de Radama sur les chefs Malates du nord, dont l'un a été tué. Voici l'extrait d'une lettre adressée à Jean-René par son général Henry. Le style emphatique de cette missive pourra peut être donner une idée de l'esprit qui règne à la cour du potentat Bétanimène.

« *À Son Altesse Sérénissime le prince René, Gouverneur Général des Bétanimènes, etc., etc.*

« PRINCE,

« Enfin, nous les avons joints ces fiers Malates, et notre bras a fait mordre la poussière à *cinq* de leurs satellites ; le reste est en fuite.

« Nous n'avons à regretter que deux de nos braves, etc., etc.

« (*Signé*) HENRY, *général des Bétanimènes.*

Il paraît que ce genre de style plaît beaucoup à Tamatave. J'ai eu occasion de lire quelques lettres d'un M. Coroller, neveu de Jean-René, qui prend le titre d'officier *d'état-major madécasse*, et le plaisir qu'elles m'ont procuré me fait regretter de n'en pouvoir donner ici un extrait.

Une petite armée de Betsimsarakes, amis de Radama, vient de partir pour la guerre ; et ce départ, qui prive de leur époux presque toutes les femmes de Foulpointe, m'a fait connaître un usage qui mérite d'être remarqué. Les épouses en l'absence de leur mari (éloigné par la guerre), se barbouillent le visage avec du blanc. Ces balafres indiquent qu'elles sont *mifady* ; c'est-à-dire *sacrées, inviolables.* C'est un charitable avertissement aux galants de ne pas perdre leurs peines en tentatives inutiles ; c'est peut être un appui à la faiblesse contre les dangers de la séduction, dangers bien réels chez un peuple qui ne punit l'adultère que dans cette seule circonstance, et avec une rigueur d'autant plus surprenante que les lois, en tout autre cas, le laissent commettre avec plus de licence. Les coupables sont ordinairement livrés à la discrétion de l'époux outragé.

Comme l'avait autrefois observé l'*abbé Rochon*, les femmes malgaches, pendant la guerre, ne cessent de chanter le jour et une bonne partie de la nuit. Elles se rassemblent à cet effet devant la porte du Panjake, qui leur envoie de tems en tems des liqueurs fortes pour ranimer leurs chants.

9 août.

Rafaralah vient de me communiquer une lettre de Radama qui m'invite de nouveau à me rendre à Tananarive, et lui donne l'ordre de me procurer ce qui m'est nécessaire pour ce voyage.

Jean-René est reparti ces jours derniers pour Tamatave. Nous avons eu ensemble divers entretiens qui m'ont mis à même d'étudier ce personnage, dont la conversation est aussi plaisante que son extérieur est original. Il ne paraît pas aimer les Ambaniandres qu'il dépeint comme les plus flatteurs et les plus rusés de tous les hommes. Il ne tarit pas de plaisanteries au sujet de leur avarice et de leur malpropreté, ayant toujours soin d'appuyer d'un bon nombre d'anecdotes fort drôles les traits sous lesquels il les représente. Quelque plaisir que j'ai eu à entendre ces petites historiettes, je n'en crois devoir rapporter aucune, ne voulant admettre dans mon journal que les faits dont j'aurai été témoin ou dont j'aurai vérifié l'authenticité.

Il appelle les relations amicales du gouvernement anglais avec Radama, *le marché de la finesse civilisée avec la finesse sauvage*. Il prétend que le gouvernement anglais donne ses emplois *au plan* capable d'agir, et le gouvernement français *à celui qui parle le* mieux ; que les anglais n'estiment *que leurs compatriotes et ceux qui les entourent*, et les français *que les gens qu'ils n'ont jamais vu et qui habitent à l'autre extremité du monde*.

Jean-René, comme on le voit par ces traits, ne manque ni de tact ni même d'esprit. J'ai de lui quelques lettres assez bien dites et correctement écrites. C'est, au surplus, un homme incapable de grandes choses. Il a quelque ambition, mais pas assez de hardiesse pour chercher à la satisfaire, et encore moins d'énergie pour travailler au succès. Sorti d'une classe mercantile des moins relevées, il en a d'ailleurs conservé tous les goûts et toutes les habitudes ; et l'on s'aperçoit aisément, dans toutes ses conversations, que ses vues ambitieuses se borneraient à certains privilèges de commerce qui le rendissent maître du bien de ses administrés et à quelques prérogatives de cérémonial qui le désignassent aux étrangers comme le maître d'un pays dont il n'est réellement que l'administrateur très-précaire. Il est poli avec les français dont il aime la société, flatteur envers les anglais dont il a besoin, craintif et soumis avec Radama qu'il redoute et qu'il hait.

23 août.

C'est à *Iharan*, joli village à 9 milles dans le sud-ouest de Foulpointe, que je trace ces lignes. Me voilà enfin sur la route de Tananarive avec une escorte de 80 hommes sous la conduite d'un capitaine d'Ambaniandre. Je crus, malgré la faiblesse que j'éprouve après une maladie grave et récente, devoir me mettre en route, espérant trouver mon entier rétablissement dans le changement d'air et de climat.

Je viens d'avoir la *fièvre de Madagascar*, et je crois pouvoir être utile aux voyageurs en la décrivant de mon mieux, et en faisant connaître les remèdes auxquels j'en attribue la guérison.

Depuis quelques jours je ressentais des lassitudes douloureuses aux articulations. J'éprouvais plusieurs fois dans la journée de ces serrements de cœur sans motif, que le vulgaire qualifie de pressentiments, et que les savants attribuent, je crois à la difficulté de la circulation des fluides ; mon sommeil était agité, et fréquemment interrompu.

Le 9 de ce mois, au matin, je fus pris d'un mal de tête qui devint si violent vers les deux heures de l'après-midi, qu'il m'occasionnait une sorte de délire. Un traitant qui me vit en cet état, m'engagea à prendre de suite l'émétique. Durant et après son effet qui ne se fit pas attendre, j'éprouvai une fièvre brûlante et des transports qui ne me laissaient jouir que d'une partie de mes facultés intellectuelles. Un second vomitif, administré à minuit, n'opéra dans ma situation aucun changement notable.

Le 10, une forte dose du purgatif de Le Roy produisit de nombreuses évacuations, et aidé d'une mouche qu'on m'avait apposée au bras, il dissipa en grande partie les douleurs affreuses que je ressentais à la tête : j'avais toujours de la fièvre ; mais ma connaissance était entièrement revenue.

Je passai la nuit du 10 au onze dans une agitation extrême qui augmentait encore pendant le sommeil : je sentais intérieurement une chaleur brûlante qui me faisait rechercher successivement toutes les parties de l'appartement où j'espérais trouver quelque fraîcheur.

Le 11, deux onces de sel de Glauber prises successivement ne produisirent aucun effet.

Le 12, le 13, le 14 et le 15, on me donna le purgatif de Le Roy. Durant cet espace de tems, la fièvre alla toujours diminuant d'intensité, mais elle ne me quitta entièrement que le 16, et c'est en faisant place à une faiblesse si grande que j'avais peine à me soutenir, même à l'aide d'un bâton. Cette faiblesse a duré jusqu'au 20, époque à laquelle j'ai commencé à trouver quelque saveur aux aliments. Enfin je me suis cru assez fort aujourd'hui, pour entreprendre le long voyage d'Émerne.

DEUXIÈME PARTIE

Itinéraire de Foulpointe à Tananarive par les pays des Bezounzounes

24 août 1825.

Iharan, comme je l'ai déjà dit, est éloigné de Foulpointe d'à peu près 9 milles. C'est un assez grand village bâti sur une éminence au pied de laquelle passe une rivière qui porte aussi le nom d'Iharan et qui est navigable aux plus fortes pirogues, depuis la barre de sable qui ferme son embouchure jusqu'à 6 milles au-dessus du village. Ses bords marécageux sont divisés en canaux destinés à la culture du riz.

J'ai logé à Iharan chez *Diamanire*, chef de l'endroit, C'est un homme de soixante ans. Sa figure est agréable. Il connaît nos colonies et parle assez bien le français. Sa conversation est intéressante, fort instruit de tout ce qui a rapport à l'histoire de son pays, on aime à lui entendre raconter comment les français vinrent s'établir à Foulpointe, quelle fut leur conduite envers les naturels, comment leurs excès en ont obligé les autres à se retirer, etc. Il a été témoin d'une partie des faits, il connaît les autres par tradition, mais l'altération du nom des personnages qu'il cite, et le défaut absolu d'ordre chronologique dans les évènements qu'il rapporte, rendent sa narration moins utile que curieuse.

Diamanire m'a accueilli en hôte prévenant et poli, et a demandé à m'accompagner à Tananarive, offre que j'ai acceptée avec empressement.

Nous avons fait ensemble un souper à la malgache. Tous les convives assis ou plutôt couchés sur une large natte et le coude gauche appuyé sur un oreiller que l'on appelle *oundana*, entouraient une feuille de Ravenal, servant à la fois de table et de plat, et contenant une énorme quantité de riz auquel on avait ajouté une volaille toute dépecée.

Chacun armé d'une cuiller faite d'un morceau de feuille de Ravenal artistement plié, la remplissait de riz, et la présentait à la maîtresse du logis qui y versait le bouillon de la volaille dont les membres étaient servis aux convives.

L'appétit rassasié on a distribué de nouvelles cuillers semblables aux premières et remplies de *ranou-pane*, boisson peu agréable, mais salutaire, dont tous les Betsimsarakes font usage, et qu'ils regardent comme un préservatif de la fièvre ; c'est de l'eau bouillie sur des croûtes de riz modérément brûlées qui lui donnent une couleur rousse, et une légère amertume à laquelle on s'habitue aisément.

Après ce repas dont la femme de Diamanire a fait les honneurs, ce bonhomme m'a conduit dans une autre maison et chez une autre épouse qui nous attendaient avec un apprêt de festin semblable au premier. J'ai témoigné l'impossibilité de renouveler un souper déjà suffisant pour mon estomac ; mais Diamanire m'ayant averti de faire au moins semblant de goûter les mets servis, j'ai pris place au milieu des convives qui ont bien dédommagé la maîtresse de maison de mon oisiveté pendant ce repas.

Les meubles d'une maison Betsimsarake ne sont pas nombreux : Deux on trois vases de terre pour cuire le riz, une marmite de fer, quelques corbeilles nattées, une hache, etc. Le foyer est dans un coin de la maison : Trois roches y forment un trépied permanent ; au-dessus, quatre piquets soutiennent une espèce de cage qui sert à fumer les viandes et les bananes : point de cheminée, et la fumée répandue dans l'appartement est quelquefois si épaisse qu'on a de la peine à distinguer les objets. Derrière le foyer, quelques paniers en forme de calice servent de nid aux poules couveuses. Les Betsimsarakes n'ont pas de lit, ils couchent sur des nattes étendues sur le plancher qui est fait de bambous aplatis, et élevés de terre d'au moins deux pieds. Les volailles sont admises sous le même toit que leur maître qui doit à l'habitude le repos dont il jouit, malgré le chant d'une demi-douzaine de coqs et les acclamations bruyantes des oies et des dindes, qui annoncent, avec la régularité d'une horloge, toutes les heures de la nuit.

26 août.

En sortant d'*Iharan* pour s'avancer dans l'ouest, on a à traverser une plaine marécageuse dont une partie est plantée de riz, et le reste couvert de joncs et de ravenals sous lesquels se retirent les nombreux *caïmans* qui sont la terreur de ces parages : et après deux heures d'une marche aussi pénible que désagréable on arrive à Boumarive, village situé au milieu des marais.

Quelque tems après avoir quitté Boumarive, le pays devient montueux. On traverse un bois large d'environ 4 milles, et s'étendant à perte de vue du nord au sud, en suivant la crête des montagnes, dont le sol est un mélange de terre jaune et de mica en parcelles très-divisées. Les arbres sont assez beaux et généralement de la même espèce que ceux de Maurice et de Bourbon, quelques uns sont couverts de plantes parasites de divers genres, et toutes fort curieuses.

La végétation paraît active dans ces montagnes qui ne présentent dans les ravins qu'y ont creusé les torrents, que très-peu de roches, toutes isolées et de la nature du granit. Le sol du fond de ces ravins et celui des bords de leurs escarpements sont évidemment de même nature, et la légère nuance de brun qui se remarque en approchant de la superficie de la terre, est due au mélange de décompositions végétales.

Au sortir du bois, on redescend dans une plaine marécageuse et totalement inculte. Les montagnes que l'on aperçoit de l'autre côté sont couvertes de bambou sous lesquels on remarque de distance en distance quelques maisons isolées, que l'on prendrait plutôt pour le repaire de quelques animaux, que pour des demeures humaines. C'est le pays d'*Ambanivoule*, si renommé par sa fertilité et par la beauté du riz dont il approvisionne Maurice et Bourbon. C'est au surplus un pays fort monotone et fort triste. Cette immense forêt de bambous, qui recouvre uniformément une ennuyeuse chaîne de collines uniformes dont rien ne fait présumer le terme, présente au voyageur découragé l'aspect d'un vaste désert où aucun objet n'appelle sa vue et ne lui laisse reposer les regards.

Cependant, on s'enfonce dans cette forêt dont les sentiers étroits et glissants sont aussi difficiles que dangereux, à cause des nombreux éclats de bambous contre lesquels il faut se prémunir et la figure et les pieds. Le voyageur, la tête baissée et le bras droit appuyé sur un bâton qui lui sert à se maintenir en équilibre sur un terrain boueux et glissant, avance lentement, écartant de la main gauche les feuillages entrelacés qui s'opposent à son passage, et levant de tems en tems les yeux pour voir s'il n'apercevrait point enfin le terme de ses travaux.

Quelques rivières se rencontrent sur cette route, mais leur abord fangeux ne permet pas au voyageur de s'y arrêter ; et ce n'est qu'après 30 milles aussi ennuyeux que fatigans que l'on arrive enfin à Tsyrananbate, petit village des Anbanivoules, que la fatigue du voyage fait regarder comme un lieu de délices.

Je n'y ai pourtant pas trouvé le repos. Ce village dont la dernière guerre avait fait fuir les habitans, était désert depuis quelques semaines ; et à peine entrés dans ces maisons inhabitées, nous y avons été attaqués par une foule d'ennemis affamés, qui après s'être précipités sur nos bagages et nos provisions, se sont ensuite jetés sur nous avec une audace incomparable. Inutilement avons-nous essayé de les combattre ; inutilement avons-nous jonché la terre de leurs morts ; leur nombre toujours renaissant eut fini par nous accabler, si nous n'eussions pris le parti de la fuite et si nous ne fussions allés camper à quelque distance du village, emportant avec nous ce que nous avons pu dérober à la voracité de nos ennemis, dont quelques-uns ont préféré se laisser transporter avec nos bagages, plutôt que de lâcher prise.

Or ces intrépides corsaires, à qui nous avons été si honteusement obligés de céder, et qui nous ont harcelé jusque dans le lieu de notre retraite, c'étaient des *kakerlaques* d'une grosseur si prodigieuse, si friands de chair humaine, et en si grand nombre, que nous eussions cru compromettre notre repos nocturne en nous obstinant à leur disputer des logements dont une possession antérieure les rendait incontestablement les maîtres.

Le désir de la tranquillité avait déterminé notre fuite, et nous n'avons pas pu recueillir le fruit de notre concession. D'autres ennemis nous attendaient, mais plus perfides que les premiers, ils nous ont laissé nous livrer au sommeil pour nous attaquer avec plus de succès et moins de danger. C'en était fait cette fois de nos provisions (c'était toujours le but des attaques), si un ennemi tombant lourdement sur le visage d'un de mes compagnons n'eut provoqué ses cris et mis l'alarme dans le camp. Mais les rats (car c'en était, et leur vue avait changé en éclats de rire le tumulte de la frayeur), les rats, dis-je, sans s'épouvanter de ce bruit ont continué de butiner à nos dépens. Jamais je n'en avais vu un si grand nombre et surtout d'aussi alertes et de si expéditifs à couper les cordons des paquets et à transporter à une très-grande distance les objets qu'ils avaient enlevés.

Mes compagnons étaient obligés de veiller attentivement à la conservation de leurs sacs de voyage, moi à celle de mes souliers et mon chapeau. Enfin le jour est venu mettre fin à cette anxiété, et après avoir bien déjeuné pour réparer nos forces épuisées, nous nous sommes remis en route.

Anboudy-mongue et *Amboudy-atafe* sont deux villages que l'on rencontre successivement au sortir de *Tsyrananbate* dans la direction de l'ouest S.O. Ce dernier en est éloigné d'environ 46 milles. Les chemins sont toujours difficiles, mais moins ennuyeux que les précédens. Quelques bouquets de bois interrompent de temps en temps la triste uniformité des bambous ; les montagnes plus élevées sont aussi moins fréquentes ; les bas-fonds sont moins marécageux ; les rivières qui y coulent, présentent une eau fraîche et limpide, et charrient, au lieu d'un sable fangeux, des cailloux, des cristaux, et des fragments de granit. Le sol des montagnes ne présente pas de différence sensible ; toujours du sable et du mica, même sur les sommets.

Dans tous les villages où je m'arrête je suis accueilli par le chef de l'endroit, qui après m'avoir conduit dans sa propre maison, me laisse un instant reposer, puis revient accompagné des principaux habitants du village, m'offrir quelques provisions. Cette offrande est toujours accompagnée d'un long discours auquel mon bonhomme Diamanire se charge de répondre pour moi.

Les Malgaches ont un usage qui choque un peu nos bienséances européennes. Ils ne saluent point en entrant dans une maison et ce n'est qu'après s'y être assis, et avoir longuement repris leurs esprits qu'ils adressent leurs saluts aux maîtres du logis qui y répondent brièvement et leur demandent le but de leur visite.

J'ai vu à *Anboudy-atafe*, entre les mains des naturels un animal qu'ils appellent *Alaze*. En petit, il ressemble au renard d'Europe, dont il a aussi les mœurs, comme je l'ai appris de nos compagnons de route.

Les Malgaches le mangent, et les habitants d'*Anboudy-atafe* se sont régalés de celui-ci après l'avoir rôti sur des charbons sans l'ouvrir, et sans même le dépouiller de son épaisse fourrure.

Encore 12 milles au sud-ouest d'*Anboudy-atafe* au milieu des bambous et quelquefois dans le lit des rivières, et le pays change entièrement d'aspect. Les montagnes deviennent plus hautes et plus escarpées, leurs cimes sont couvertes de forêts, Les rivières, plus encaissées, descendent avec bruit des sommets, et coulent au milieu des blocs de cailloux et de grès, qui se sont échappés des montagnes, ou que les torrents ont découverts sous la terre où ils prirent naissance.

Le voyageur s'avance jusqu'au pied des monts qu'il doit gravir et dont la hauteur étonne son courage. Cependant la nécessité lui défend d'hésiter. Il grimpe péniblement et non sans danger, sur ces roches énormes où de faibles arbrisseaux rassurent sa main tremblante plutôt qu'il ne la soutiennent. Les pierres qui s'échappent de sous ses pas, et roulent avec fracas dans l'abîme, l'avertissent à chaque moment du choix qu'il doit faire du lieu où va reposer son pied. Parfois les eaux d'une source, filtrant au travers des rochers, rendent les passages si difficiles et si glissants que les voyageurs sont obligés de former entre eux une chaîne afin de s'aider mutuellement. Enfin l'on arrive aux sommets. On s'enfonce dans la forêt qui couvre ces plateaux humides. On contemple avec surprise la hauteur prodigieuse de ces arbres d'où pendent une multitude de lianes et de plantes parasites de diverses espèces. Là règne un profond silence qui n'est interrompu que pour quelques instants par la voix bruyante du babacote, et le cri perçant du varikioundah épouvantés à l'aspect de l'homme. Là se fait sentir une fraîcheur vive et pénétrante, qui, aux approches de la nuit, devient un froid d'autant plus piquant qu'on y est moins habitué.

Le sol de ces montagnes offre plusieurs minéraux curieux, parmi lesquels on remarque diverses espèces de *pyrites*, des *lames de mica*, des *quartz colorés*, et plusieurs sortes de *cristaux* dont quelques-uns présentent la cristallisation régulière d'un prisme hexaèdre. La végétation est forte, et entièrement différente de celle du pays d'Ambanivoule.

3 septembre.

Le voyageur après 60 milles de route dans cette forêt, où il ne trouve d'autres traces humaines que quelques cabanes construites par ceux qui l'ont précédé, arrive enfin à Sahamalazane, premier village des *Antankaïes* situé sur la lisière du bois et dans l'ouest-nord-ouest d'Anboudy-atafe.

Sahamalazane fut autrefois la capitale d'un petit royaume. Ses maisons en ruines n'ont plus pour habitants qu'une trentaine de soldats que Radame change tous les six mois. Elle a pour remparts une palissade de madriers qui n'offre que deux issues.

En arrivant au haut d'une colline assez rapide qui est dans l'est de *Sahamalazane*, je m'étais arrêté pour considérer une pyramide de petites pierres, qui me parut encore plus curieuse quand j'eus vu chacun de mes compagnons de voyage déposer silencieusement un caillou qu'ils avaient recueilli dans la rivière qui coule au pied de ce vallon. En vain les ai-je questionnés sur le motif de leur action, aucun n'a daigné me répondre ; et *Diamanire* aussi discret que les autres, ou peut-être également ignorant, s'est borné à me dire en son mauvais français, que c'était pour *prier bon Dieu.*

Au sortir de Sahamalazane, on a encore quelques milles de forêts, puis la scène change tout à coup. C'est le pays d'Ankaïe dont les collines, couvertes d'herbe seulement, et séparées par des bas-fonds ombragés, forment une plaine ondulée qui se termine vers le nord par un rameau de la haute chaîne des montagnes que l'on vient de quitter. De jolis ruisseaux coulent entre ces vallons et entretiennent sur leurs bords une verdure qui forme un agréable contraste avec la couleur jaune des sommets. Mais l'œil cherche en vain dans toute cette contrée quelques vestiges de culture et d'habitation ; et les idées riantes qu'avait inspirées d'abord l'aspect de ces sites pittoresques, font place à l'ennui de la solitude.

Ce n'est qu'après une demi-journée de marche que l'on commence à apercevoir quelques villages et des troupeaux de bœufs ; mais les arbres ont disparu sans retour ; on ne voit de toutes parts qu'une herbe courte et brûlée ; et la rencontre de quelques maisons isolées ne dédommage pas de la privation de verdure.

Cependant les montagnes s'aplanissent peu à peu vers le nord, et l'on commence à apercevoir une plaine marécageuse divisée en carreaux qui annoncent qu'elle est cultivée. On descend une colline qui est au sud de cette plaine et rendu à mi-côte, on franchit le fossé peu profond de fortifications en ruine, et l'on entre dans *Manakambaïne*, grand village à 18 milles dans l'ouest-sud-ouest de *Sahamalazane.*

Les maisons de *Manakambaïne* sont grandes et propres, et semblent avoir été toutes construites et meublées sur le même modèle. Leurs bordages de roseaux adroitement entrelacés sont solides et élégants ; leurs deux portes toujours situées dans l'ouest, doivent sans doute cette place à l'expérience qui a voulu les mettre à l'abri des vents du sud-est, qui règnent ici une grande partie de l'année.

L'intérieur des maisons est plus soigné et plus meublé que chez les *Betsimsarakes*, et outre les ustensiles qui lui sont communs avec les peuples de la côte, l'habitant de *Manakambaïne* a de grandes jarres de terre pour mettre de l'eau et conserver le riz, de *louvia*, ou assiettes de terre de la forme des *patères* antiques, des cuillers de bois et de corne d'une forme singulière, des sièges de bois d'une seule pièce et un lit de planches ornées de sculptures grossières et surmonté d'un dais incliné.

Manakambaïne nourrit un grand nombre de troupeaux et de volailles. On cultive dans la plaine un riz rouge moins estimé que celui d'*Ambanivoule*. Les femmes font des toiles de coton et de la poterie.

On remarque dans les environs de ce village plusieurs longues fourches plantées en terre et chargées de têtes de bœufs. Ce sont des indications de tombeaux, et le nombre de ces têtes marque le degré d'opulence du mort, ou d'ostentation de ses héritiers.

Les habitans de Manakambaïne font partie d'un peuple connu sous le nom de *Bezouzounes*, soumis à Radama depuis plusieurs années.

5 septembre.

Le nom de *Manakambaïne* est dû à un évènement dont la tradition a transmis l'histoire.

Un français nommé *La Bigorne*, le même dont parle l'abbé *Rochon*, et que les naturels connaissent sous le nom de *lahy-tsara* avait été appelé par les *Antanbanivoules* pour les défendre contre l'invasion des *Antankayes*. *La Bigorne* battit les ennemis et ayant eu la curiosité de les suivre jusqu'au-delà des forêts qui les séparent du pays d'Ambanivoule, il fut tout surpris de voir un pays si différent de celui qui avoisine la côte de l'est. Il se préparait à pousser plus loin ses découvertes et ne songeait à rien moins qu'à gagner la côte de l'ouest ; mais les Antambanivoules refusèrent absolument de le suivre dans une contrée dont ils lui dépeignirent les habitants sous les traits les plus redoutables, et où une terre aride et inculte ne leur offrirait aucunes des racines si communes dans la forêt, et qui dispensent le voyageur de se munir d'aliments. Il fut donc obligé de s'arrêter et les naturels du pays, rentrant après son départ dans les villages d'où il les avait chassés, nommèrent *Manakambaïne*, celui qui avait été le terme du voyage des *étrangers*.

On reconnaît encore à présent, à quelques *manguiers* rabougris, les traces du passage de *La Bigorne*, qui avait coutume de dire en les plantant, *qu'un jour les Français viendraient en recueillir le fruit.* Les naturels ont la plus grande vénération pour ces arbres et pour tout ce qui rappelle le souvenir de *La Bigorne.* « *Si tous Vazah comment*

Lahy-tsare (dit Diamanire dans son patois) *Radame jamais gagne Foulpointe, Français va maître partout* ».

En quittant *Manakambaïne* pour s'avancer dans le Sud-Ouest, le pays ne présente plus que des montagnes arides et brûlées par l'ardeur du soleil. Pas un arbre. Des ravins profonds, creusés par les torrents dont ils retracent l'impétuosité, en offrant au fond de leur lit des blocs de pierre d'une grosseur prodigieuse, évidemment arrachés à des carrières éloignées de plusieurs milles, et roulés de distance en distance dans des avalaisons successives, sillonnent le sol dans toutes les directions, et tendent à se réunir vers le Nord. On remarque fort peu de villages, mais en portant ses regards vers le Nord-Ouest, en aperçoit une plaine dont l'œil ne peut mesurer toute l'étendue, c'est le pays d'*Antsyanake*. Une large rivière y coule en serpentant, et semble se diriger vers le Nord-Est ; c'est la *Manangoure* dont l'embouchure se voit, sur la côte de l'Est, dans le Sud de la *pointe à Laré*.

La route qui pendant l'espace de 18 milles, s'était assez constamment dirigée vers l'Ouest, tourne tout à coup vers le Nord-Ouest : on descend du côté d'une jolie plaine dont quelques collines cachent encore l'étendue. Enfin l'on y arrive et les regards étonnés se promènent avec satisfaction sur des champs immenses, de *riz*, de *manioc*, de *coton*, etc., de toutes parts on voit des troupeaux de bœufs, de tous côtés on aperçoit des villages. La culture est soignée, et quelques clôtures en haies vives, bien alignées, annoncent un peuple qui n'est plus sauvage.

J'ai été joint en cet endroit par le colonel *Andriantsalame*, beau-frère de Radame et commandant de la province des Bézounzounes. Il montait un joli cheval qu'il maniait avec adresse, et dont il est descendu pour venir me saluer à ma sortie du *palanquin*, où je voyageais depuis que les chemins me l'avaient permis.

Ambatoundrajake, terme de mes courses pour cette journée, n'étant plus éloigné que d'un mille, j'ai fait à pied cette route avec *Andriantsalame*, qui a eu le tems dans ce court trajet, de me demander tous les détails de la guerre des Malates, et de m'informer de l'absence de Radame qui est pour deux mois en partie de chasse dans le pays des *Sacalaves*.

En arrivant à Ambatoundrajake le commandant m'a conduit au logement qui m'était préparé depuis plusieurs jours, et s'est retiré pour me laisser reposer. Une heure après, il est revenu m'offrir de la part du Roi, de la sienne, et de celle des officiers de la garnison, trois bœufs, deux moutons, et je ne sais combien d'oies et de canards. Tout cela a été fait avec une politesse qui m'a singulièrement étonné de la part de gens que je considérais comme sauvages.

Ambatoundrajake est le chef-lieu du pays des Bézounzounes ; moins grand et moins fortifié que *Manakambaïne*, je ne sais ce qui a déterminé à y fixer la résidence des troupes qui sont en cantonnement dans ces parages. Il passe pour malsain et je suis porté à le croire. Renfermé du côté du sud par des montagnes, il a dans le nord-est des marécages, dont les miasmes destructeurs lui sont apportés par les brises chaudes de l'été. Ce village est à 20 milles dans l'ouest de Manakambaïne, et par les…

Les maisons d'*Ambatoundrajake* ressemblent à celles de Manakambaïne, et leur ameublement est le même. On y conserve le riz dans des tonneaux de bambou surmontés d'un toit. Les vols sont sans doute rares dans ce pays, car ces greniers sont tous assez loin des maisons et sans gardiens. C'est une remarque que j'avais déjà été à même de faire chez les peuples d'*Ambanivoule*, dont les greniers ne sont ni plus solides, ni mieux gardés. On fait ici, comme dans tous les villages des Bézounzounes, des poteries et de la toile. Ce sont les femmes qui s'occupent de ce soin, ainsi que de la filature du coton dans laquelle elles réussissent de manière à surprendre même l'Européen, qui connaît le produit des machines destinées à cet usage. Les travaux de l'agriculture, la construction des maisons, et la fabrique des ustensiles de ménage, sont le partage des hommes.

Les Bézounzounes sont laborieux, généralement plus petits que les Betsimsarakes, ils sont néanmoins plus robustes. L'habillement et la coiffure des deux sexes sont à peu près les mêmes. Les femmes pourraient paraître agréables sans leur excessive saleté.

On élève à Ambatoundrajake beaucoup de troupeaux de la plus grande beauté. Les oies, les canards, et en général les oiseaux aquatiques y sont réellement innombrables. La chasse est facile, mais dangereuse pour les étrangers qui ne sont pas acclimatés.

Le lendemain de mon arrivée à Ambatoundrajake, j'ai éprouvé une indisposition qui m'a donné lieu de connaître une nouvelle pratique malgache. Lorsque quelqu'un est malade, un bouchon de paille suspendu devant sa porte, annonce au public importun qu'il n'y a permission d'entrer que pour ceux qui l'ont nominalement obtenue.

À quelques centaines de pas dans le nord-ouest d'*Ambatoundrajake*, est un champ de foire très-fréquenté des naturels qui y viennent de toutes les provinces voisines, le jeudi de chaque semaine. On le traverse pour se rendre à *Anbohymangue*, petit village à 8 milles du précédent. C'est en cet endroit que l'on quitte la plaine pour reprendre la route du sud-ouest et s'enfoncer dans les montagnes.

Dès lors plus de culture, plus de villages, plus de végétation. Des coteaux arides, à peine revêtus d'une courte bruyère qui ne peut pas même cacher la couleur rouge de ce sol ferrugineux. Des remparts escarpés, que le voyageur côtoie avec effroi, et dont les bords dangereux semblent à chaque instant vouloir se dérober sous ses pieds ; des sentiers montueux et apriques où le voyageur ne rencontre pas un arbre, pas même un buisson pour le défendre de l'ardeur du soleil. La chaleur, la fatigue, l'ennui, tout contribue à l'accabler, et il succomberait à son désespoir si un ruisseau limpide ombragé de quelques feuillages, tel que l'oasis du désert, ne venait tout à coup récréer son imagination et lui offrir un lieu de repos. Mais bientôt il faut quitter cet asile et rentrer dans le désert. Si encore quelques oiseaux, quelques créatures vivantes se rencontraient sur cette route ; mais qu'y viendraient-ils faire ? Quelle serait leur nourriture ? Où trouveraient-ils un abri ?

Enfin trois arbres chétifs s'aperçoivent ; leur tronc rabougri se recourbe tristement vers la terre, et leurs feuilles desséchées font à peine observer une ombre légère sur le sol brûlé qui leur a donné naissance. Auprès sont quelques maisons entourées d'un fossé, seules traces humaines qu'offre cette affreuse contrée.

Mouratélou est le nom de ce petit village dont les habitants paraissent aussi joyeux, aussi satisfaits que ceux de la ville la plus opulente. De quoi vivent-ils ? Du produit de leurs bœufs, qui malgré la stérilité du sol, paraissent en assez bon état. Mouratélou est à 20 milles dans le sud-sud-ouest d'Anbouhymangue.

J'avais oublié de faire remarquer que, jusqu'à présent, les chaînes de montagnes ont eu une direction nord et sud, du moins les plus hautes ; mais il est maintenant fort difficile d'estimer cette direction qui au surplus n'est pas constante.

Au sortir de Mouratélou on a encore quelques milles de déserts, puis enfin l'on commence à trouver des vallons cultivés, et quelques habitations éparses et isolées. Le pays s'anime à mesure que l'on avance : des champs de riz divisés en petits carreaux que séparent des fossés de terre glaise remplissent les bas-fonds ; tandis que le manioc naissant commence à revêtir le penchant des collines dont quelques troupeaux des bœufs et de moutons paissent tranquillement les sommets jaunâtres, en s'acheminant vers la demeure de leurs maîtres, que l'on n'aperçoit pas toujours, mais dont la cime d'un vieil arbre tutélaire fait déjà présumer la place.

Je suis arrivé à *Tsyranoubé* après 19 milles de route vers le sud-ouest. Il n'est pas encore venu de blancs dans ce village où les habitants effrayés ne voulaient pas me donner asile, et il a fallu employer le nom de Radame pour les y déterminer. Peu à peu pourtant, ils se sont apprivoisés et bientôt la curiosité les a rendus familiers jusqu'à l'importunité. La même chose m'était arrivée à Manakambaïne où il n'était point venu de blancs depuis *la Bigorne*. Rien n'est comparable à la surprise de ces bonnes gens en voyant ma montre et mon parasol. J'ai joué de la flûte, et en peu de tems j'ai été entouré de plus de deux cents personnes dont une grande partie était accourue des villages voisins. Cette troupe m'écoutait jouer dans le plus grand silence et sitôt que j'avais fini, se répandait en longues exclamations.

Les malgaches ont eux-mêmes plusieurs instruments de musique. Et un de leurs virtuoses, jaloux sans doute du succès que je venais d'obtenir, s'est mis à jouer d'une espèce de galoubet dont il tirait des sens assez agréables.

À ces airs patriotiques vous eussiez vu tout l'auditoire se mettre à gesticuler, déjà les danses sont formées, et mes compagnons de voyage, oubliant la fatigue du jour, vont grossir cette joyeuse troupe dont les plaisirs se sont prolongés fort avant dans la nuit.

14 septembre.

Tsyranoubé est le dernier village des Bézounzounes. En le quittant on entre dans les gorges de la chaîne de montagnes qui sépare cette province de celle d'Émerne. Ces montagnes peu élevées et couvertes de bois et de bruyères, se dirigent du sud-est au nord-ouest, et me paraissent une branche de la haute chaîne qui sépare les *Antankaïes* du pays d'*Ambanivoule*. Les chemins y sont difficiles. J'ai, pendant quelques heures, suivi une rivière dont les bords escarpés, dominés eux-mêmes par d'énormes rochers, ne présentaient qu'un sentier étroit, souvent interrompu par des éboulements qu'il fallait franchir. J'ai frémi plus d'une fois quand une roche saillante me repoussant vers les bords de l'abîme, m'en découvrait la profondeur. Un mouvement involontaire me faisait alors incliner de tout mon corps du côté opposé au précipice où semblait m'attirer une force invisible.

Rendu au sommet des montagnes, on découvre le pays d'Émerne dont le sol montueux et déchiré ressemble à celui des Bézounzounes. On n'aperçoit réellement d'abord aucune différence ; ce sont toujours des coteaux arides, des vallons incultes, des habitations rares et isolées. Mais peu à peu les déserts disparaissent ; quelques bouquets d'arbres viennent égayer la vue ; de petits villages environnés de cultures diverses, et diversement bâtis, sortent de derrière les collines qui les tenaient cachés ; des troupeaux de bœufs bordent les routes, attirés par une sorte de curiosité à la rencontre du voyageur qui, tout occupé des nouveaux objets qui se succèdent sans interruption, ne s'aperçoit pas du chemin qu'il parcourt, et approche sans s'en douter du terme de sa course pour cette journée.

Il passe la *Mananare*, grande rivière dont les gens du pays placent la source à la jonction des deux chaînes de montagnes dont j'ai parlé au commencement de cet article, et qui coulant vers le nord-ouest, en faisant plusieurs circuits, se rend dans la baie de *Bombetoke* ou de *Mouzangaïe*.

Il traverse une plaine assez étendue, gravit une montagne dont la pente un peu roide est adoucie par des degrés, franchit, à l'aide d'un pont-levis, un rempart profond, et entre par une voûte dans la cité d'*Anbouhy-beloume*, véritable place forte, dont la rencontre est d'autant plus surprenante que ses fortifications annoncent par leur décrépitude une construction fort antérieure à la venue des Européens à Madagascar.

Je ne sais si mon étonnement sera partagé par les personnes qui liront ces notes ; mais quoiqu'il arrive, elles voudront bien me permettre de leur faire part des réflexions que m'a suggérées la vue de travaux dignes d'un peuple civilisé, et que je vais commencer par décrire.

Anbouhy-beloume est bâti au sommet d'une montagne environnée du côté du sud et de l'ouest par d'autres collines de la même hauteur, et dont le sommet est également habité. On y arrive par deux chemins couverts pratiqués dans une espèce de terre glaise et de tuf qui forme le sol de cette montagne, et conduisant l'un à une poterne par laquelle on pénètre dans la ville, l'autre sur une petite plate-forme séparée de la ville par deux remparts d'une profondeur presque égale à la hauteur de la montagne même. En face de cette plate-forme est une porte voûtée percée dans un mur de briques solidement construit et large de 19 à 20 pieds.

Au milieu de cette voûte qui est basse et étroite, on a ménagé dans l'épaisseur du mur une coulisse où se roule une pierre de la forme d'un disque, de six pieds de diamètre et épaisse de dix-huit pouces, destinée à fermer cette porte.

Les maisons d'*Anbouhy-beloume* sont en bois, et enduites à leur intérieur d'une espèce de craie blanche mélangée de fiente de bœuf. Elles n'ont que deux ouvertures placées dans l'ouest et fermées par des portes de bois d'une seule pièce, sur lesquelles on remarque plusieurs sculptures bizarres, et notamment les deux seins d'une femme, symbole de l'hospitalité et de la vie domestique : *C'est*, disent les malgaches, *une bonne épouse qui, après avoir préparé le riz et fait cuire le lait de ses vaches, attend à la porte de la maison le retour de son mari pour partager avec lui ces alimens, et invite le voyageur fatigué à s'arrêter sous un toit hospitalier.*

La population d'Anbouhy-beloume paraît considérable et le peu d'étendue du plateau que circonscrivent les fortifications a tellement fait rapprocher les maisons, qui sont d'ailleurs placées sans beaucoup d'ordre, que cette petite ville est un véritable labyrinthe, où il est fort difficile de se reconnaître. Joignez à cela que les troupeaux, qui durant le jour se dispersent dans la plaine, rentrent tous les soirs dans la ville dont ils remplissent les petites rues, de sortes qu'après le coucher du soleil, il n'est plus possible de sortir des maisons. Ici comme dans le pays des Bézounzounes, on ne brûle que de la fiente de bœuf, dont la fumée et l'odeur sont fort incommodes. Anbouhy-beloume appartenait au père de Rafaralah qui y a soutenu un siège mémorable contre *Andrianampouine* père de Radama, qui ne l'a prise qu'au bout de trois ans. On voit encore sur les montagnes voisines les travaux que ce prince avait faits pour empêcher la communication de la ville assiégée avec les autres parties de la province. Elle fut prise d'assaut sur un petit nombre d'habitants qui avaient échappé à la soif, à la famine, et aux maladies occasionnées par un si long siège. Anbouhy-beloume est à 24 milles dans le Sud-Ouest de *Tsyranoubé*, et fait partie de la province d'*Émerne*.

Je viens maintenant aux réflexions que j'ai annoncées :

Anbouhy-beloume, dont je viens de décrire la situation et les fortifications, nulle part sans doute ne rappelle les travaux de l'Européen du 19e, ni même du 15e siècle ; mais peut-on qualifier de sauvage le peuple qui a apprécié les bienfaits de la vie sociale ; qui a su reconnaître l'avantage d'une défense commune ; qui a pu distinguer les lieux les plus favorables à cette défense ; qui a eu le talent d'ajouter à la force naturelle de ces lieux par des travaux grossiers il est vrai, mais néanmoins étonnans, quelques fois gigantesques, toujours redoutables ; qui élève des troupeaux, cultive la terre, distingue les propriétés, construit des maisons durables ; qui reconnaît des chefs héréditaires ou électifs ; qui a des lois, des tribunaux, des juges ; qui admet des distinctions sociales, des lois de politesse adaptées à la différence des rangs et aux différentes situations du commerce domestique ; qui, enfin, reconnaît l'union conjugale, et conserve pour la sépulture un respect inviolable ? Non, certainement, et si *tout cela* n'est pas ce que nous nommons *civilisation*, je suis dans une erreur complète à l'égard de la signification de ce mot. Sans doute les peuples d'Émerne ne sont pas civilisés au même degré que les Européens, sans doute même ils le cèdent encore beaucoup aux Chinois ; mais enfin ils ne sont plus sauvages et il reste à savoir à qui ils doivent ces commencements, ou plutôt ces restes de *civilisation*. Ce n'est pas aux Arabes, car si l'on excepte quelques pratiques religieuses (communes d'ailleurs à plusieurs autres peuples), je ne vois ni au physique ni au moral, aucun trait de ressemblance entre l'Anbaniandre, doux et paisible cultivateur, et le robuste et infatigable nomade du désert ; les devraient-ils aux Européens ? bien moins encore et il suffit d'avoir habité quelque tems les établissements de la côte de l'est, pour se convaincre que, malgré deux cents ans d'une fréquentation presque continuelle, les *naturels* n'ont encore acquis de nous que quelques vices.

On a observé il y a déjà longtemps (et les Anglais ont la prétention d'avoir fait cette observation les premiers) que le visage des peuples de Madagascar, leur teint, leur langage, leurs mœurs, leurs religions, etc., avaient avec ceux des *malais* le rapport le plus frappant ; j'admets cette opinion, mais en restreignant cette comparaison aux seuls Anbaniandres ou peuples de la province d'Émerne, que je considère comme la race primitive de l'île, et les seuls à qui elle soit applicable.

Mais voilà à propos d'*Anbouhy-beloume* et de ses maisons enfumées, une assez longue dissertation philosophique que le bonhomme *Diamanire* qui me sert de pupitre, m'avertit de terminer pour déjeuner et me remettre en route.

16 septembre.

C'est quand on a quitté *Anbouhy-beloume* que la route devient réellement intéressante. Ce ne sont plus des sentiers étroits et à peine frayés, c'est un chemin large bordé de fossés sur lequel on rencontre à tout moment des voyageurs. On ne voit plus de terrains totalement incultes. Les hauteurs sont destinées à la *patate*, à la *barvade*, au *coton*, au manioc, au haricot, etc. ; les bas-fonds au riz et à la canne à sucre ; les coteaux au maïs. Les villages en grand nombre, et presque tous bâtis en terre jaune, jettent un éclat qui trompe la vue, et fait prendre d'humbles chaumières pour de magnifiques maisons de plaisance. Des cases isolées, environnées d'une large clôture circulaire et presque toujours accompagnées d'un arbre unique, se font remarquer de tems en tems et excitent la curiosité de l'étranger. Ce sont des fermes où la demeure d'esclaves ou serfs du roi, appelés en ce pays *siroundah*.

On arrive à *Anbouhytrabibe* grand village à 20 milles dans le sud-sud-ouest d'Anbouhybeloume. C'est encore une place forte entourée de fossés et de remparts. Les maisons sont en bois et solidement construites. L'une d'elles se distingue par sa grandeur et sa forme qui se rapproche des constructions européennes. C'est un local destiné à l'instruction de la jeunesse, sous la direction des missionnaires anglais de Tananarive. Les villages d'Émerne paraissent très-peuplés, et l'on y remarque surtout une quantité étonnante d'enfants. Le peuple paraît laborieux, et les femmes surtout sont constamment occupées à filer le coton ou à faire de la toile.

Des officiers de *Radame* sont venus me joindre à *Anbouhytrabibe*. Ils arrivaient du pays des *Sacalaves*, d'où le prince, qui y faisait la chasse du bœuf, les avait envoyés à ma rencontre, et leur avait donné l'ordre de m'accompagner jusqu'à *Tananarive*, qui n'est éloigné d'Anbouhitrabibe que de 22 milles. Dans ce court espace, on a à traverser plusieurs grands villages, et ceux que l'on aperçoit de chaque côté de la route sont vraiment innombrables. Tout annonce l'approche d'une ville populeuse. Nous sommes entrés à 6 heures du soir dans la capitale, et l'on m'a conduit dans un des pavillons du palais, que l'on m'avait destiné pour logement. C'est une maison à étages dont l'intérieur est tapissé de nattes de jonc qui font un effet agréable. Elle est divisée en trois appartements qui forment chacun un étage, qui communique aux deux autres par des ouvertures faites au plafond et recouvertes de trappes épaisses, et d'une seule pièce. À l'étage supérieur est un alcôve et un lit à l'Européenne qui servait au Roi avant mon arrivée, et qu'il a bien voulu me céder ; faveur que mes introducteurs ont fait sonner fort haut et qui les a fait s'écrier *que j'étais bien heureux et que jamais Radame n'avait encore si bien traité un Vazah !* J'avoue qu'au sortir des misérables chaumières sous lesquelles j'habitais depuis plusieurs mois, l'appartement où je me trouve maintenant, peut, malgré les échelles qui y servent d'escaliers, me sembler un boudoir de petite-maîtresse, et je ne m'attendais certes pas à trouver si bon gîte.

TROISIÈME PARTIE

Un an de séjour dans le palais du roi Radama et excursions dans diverses parties de la province d'Émerne

25 septembre 1825.

Tananarive est bâti sur un rocher situé au milieu d'une plaine environnée de petites montagnes. J'évalue la population à 12 ou 15 mille âmes. Toutes les maisons, j'en excepte celles qui avoisinent le palais, sont placées sans ordre et sans symétrie, là où il a convenu au propriétaire de les construire. Une seule rue tortueuse sert de communication entre les deux extrémités de la ville. Pour pénétrer dans les autres parties, on est obligé de suivre des sentiers plus ou moins difficiles.

Ici comme dans tous les villages d'Émirne et des Bezoun-zounes, les maisons n'ont généralement que deux ouvertures, toutes deux situées dans l'ouest, elles se construisent en bois, ou en joncs, ou en terre ; mais ces dernières sont proscrites du centre de la ville et reléguées dans les faubourgs. Ainsi donc chez tous les hommes la rareté des choses en fait le mérite. Le bois est cher à Tananarive, on l'y apporte de fort loin, tandis qu'au sein même de la ville se trouve une terre jaune excellente pour bâtir. Les quartiers principaux de Tananarive sont : Anbouhy-Nounga, où est situé le palais, Anbouhy-Poutsy, Anbatou-Fandranou, Andou-Hely, Anbatou-Miangara, Ampary-Be, Ampary-Drahasaly.

Le palais ou *rouvy* occupe le mamelon le plus élevé de la montagne. C'est un enclos assez vaste formé de trois enceintes particulières. La première et la plus remarquable est celle où demeure le roi. La seconde sert de logement aux femmes du roi et à quelques étrangers. C'est là qu'est ma maison. La troisième est un sérail destiné à la demeure des concubines. C'est la seule où l'on ne puisse pas être admis, et la porte en est gardée nuit et jour par des femmes.

L'enclos du palais est situé sur une plate-forme de 4 à 5 pieds au-dessus du niveau de la rue. Le trottoir qui l'environne est construit en pierres de taille fort bien liées. Cette enceinte est faite de madriers équarris, disposés de manière à former une suite de cannelures perpendiculaires qui font un assez bon effet. Au-dessus est une haie de lances qui sert à la fois de défense et d'ornement.

La maison du roi est isolée. Elle diffère de toutes les autres par sa galerie (nouvellement construite), par sa peinture en bandes rouges, blanches et jaunes et par une infinité de clous d'argent placés autour des ouvertures, et disposés en forme d'écailles sur les bordages des pignons.

Le roi paraît beaucoup aimer les miroirs. L'intérieur de ses appartements en est orné, on en voit à l'extérieur ; il y en a jusque sur la porte principale de l'entourage. Ils sont tous très petits ; et il est remarquable qu'en raison de leur situation perpendiculaire et de leur grande élévation, il n'en est aucun qui puisse réfléchir le spectateur.

L'enceinte qui sert de demeure aux reines est la plus vaste. C'est une petite ville qui contient, outre la maison des princesses, une douzaine de cabanes, appelées par les naturels : Trano-masina (maison sacrée) ; ce sont les tombeaux de quelques princes de la famille de Radama. Ces petites cabanes sont ouvertes, mais il est pourtant défendu d'y entrer, sous peine de ne pouvoir approcher du roi pendant plusieurs jours et d'être exclu pendant le même temps de toutes les cérémonies publiques.

Le roi a en ce moment sept femmes légitimes mais il est toujours supposé en posséder douze. Aussi le nom collectif des reines est-il : rou-anbouny-foulou-vavy (les douze femmes)

On trouve encore dans cette même enceinte la musique du roi, ses écuries, sa salle d'armes, l'école royale, les chanteuses, etc. Ma maison était, avant mon arrivée, destinée aux plaisirs du roi qui l'avait nommée : Marivou-lanitra (la plus près du ciel) ; en raison de son élévation, elle touche l'entourage du roi sur lequel elle domine. De ma fenêtre, je vois l'intérieur du principal appartement de Radama.

Je ne sais encore rien de la 3ᵉ enceinte, sinon que c'est un sérail. Dans l'ouest du palais est un petit cours planté d'arbres. C'est là que se rend la justice. Les juges ordinairement assis, enveloppés de leurs Toutouranes (la Toutourane, ou Toutouranou, est aux Malgaches ce qu'était la toge aux Romains), sur le trottoir qui environne le palais, donnent en plein air leurs audiences au peuple, qui se place au-dessous d'eux sur la terrasse du cours. Ces juges s'appellent Andriana-Beventy (les très gros nobles). Ce sont des vieillards de la première noblesse. Ils ne jugent ordinairement que les matières civiles, le criminel appartient au roi.

Au-dessous de ce même cours est le marché ou Seny, comme ils l'appellent. Il se tient tous les jours, mais il n'est en ce moment ni bien approvisionné ni beaucoup fréquenté. On y tue les bœufs destinés à la consommation ; et leur chair dépecée sur le lieu même où on les a égorgés est d'une mal-propreté dégoûtante.

Andouhely est une petite place située au fond d'une vallée à mi-côte de la montagne et à un demi-mille dans le nord du palais. On y voit une pierre sacrée sur laquelle le roi seul a le droit de poser le pied lorsqu'il tient un *Cabary* national (il est fort difficile de traduire ce mot, qui signifie à la fois et une assemblée délibérante et une conversation particulière, quelque-fois même les bruits publics. Rochon le traduit par Palabre. Prononcez *Cabarre*) ; c'est aussi sur cette même place qu'est en ce moment le chantier de Mr. Gros, constructeur européen qui fait pour le roi un palais qui aura 130 pieds carrés. Ce Mr. Gros est très-habile ; il a d'ailleurs le mérite d'avoir formé depuis 6 ans qu'il habite ce pays une soixantaine d'ouvriers dont quelques uns sont très capables ; et il semble merveilleusement secondé dans ses leçons par l'aptitude naturelle des jeunes Ambaniandrou ses élèves.

En quittant Mr. Gros on arrive sur un rempart naturel, d'où l'œil plonge avec un plaisir mêlé de quelque effroi dans la jolie plaine d'Ampary-Be, dont les petites maisons noircies annoncent la demeure des armuriers, forgerons, orfèvres, etc., tous compris par les Malgaches sous le nom générique de *Panefy* (Faiseurs de fer). Ce rempart offre quelque trace du travail des hommes : c'est une petite porte voûtée construite en pierres et en briques.

Derrière un rang d'arbres assez jolis, se voit une grande maison récemment bâtie et à l'européenne, c'est la prêche protestante, le local de l'école missionnaire et la demeure du Révérend Grifith.

À l'est de Mr. Grifith est Ambatou-fandranou, quartier profane, où le roi ne peut aller ni aucune personne de sang royal. Pour quel motif ? Je l'ignore. C'est pourtant un des jolis endroits de Tananarivou, et je ne serais pas surpris que quelque voyageur ne trouvât bientôt le peuple revenu de cette prévention.

Parmi les quartiers les plus intéressants de Tananarivou, on ne doit pas oublier celui d'Ampary-d'rahasaly, où se trouve le jardin du roi, créé en quelque sorte par le naturaliste Boyer qui y a introduit quelques arbres curieux. On y trouve plusieurs sources d'une excellente eau et un petit lac habité par des oiseaux aquatiques. L'eau est généralement répandue dans toutes les parties de la montagne de Tananarive et c'est ce qui la distingue particulièrement des autres montagnes qui toutes en sont privées.

10 octobre.

J'ai eu en arrivant à Tananarivou la visite du général Brody ; c'est un mulâtre des Antilles, il était sergent des troupes anglaises à Maurice, à l'époque de la malheureuse expédition de Monsieur Lesage qui l'emmena à Madagascar pour instruire les soldats de Radama. Il y est resté jusqu'à ce moment et Radama lui doit l'armée avec laquelle il vient de conquérir Madagascar ; le monarque malgache l'a récompensé de ses services par le grade de général. Mr. Brody m'a appris en même temps et l'absence du roi qui est en ce moment à la chasse, et les ordres de Sa Majesté au sujet de l'accueil qu'on devait me faire.

J'ai eu aussi la visite du premier ministre Rahalala, qui est venu m'apporter lui-même toutes les provisions qu'il a jugées devoir m'être agréables. C'est à Rahalala qu'est confiée l'administration civile en l'absence du roi. Mr. Brody s'occupe du militaire. La curiosité ou la politesse a également amené dans ma demeure quelques princesses dont la figure et le costume m'ont paru plus agréables que chez les femmes de la côte. Elles se sont présentées avec décence. Elles étaient suivies de plusieurs servantes proprement mises. La conversation a été enjouée, et quelques saillies spirituelles, quoique mal rendues par mon interprète, m'ont donné une idée favorable des dames de la cour *Anbany-Androu* (sous le jour). Je suis allé à mon tour saluer les princesses que j'ai trouvées bien petitement et bien modestement logées pour des reines. Une seule, la princesse Rassalima, occupe une maison plus grande et un peu plus agréable. Rassalima est la fille de Ramitra, roi de Menabé. Radama l'a épousée par politique. Il espérait par cette alliance tenir en repos Ramitra que les guerres du nord ne lui permettaient pas encore de chercher à soumettre. Cette princesse paraît âgée de 18 à 19 ans. Ses cheveux crépus et son teint cuivré la distinguent entièrement des Anbany-Androu qui ont les cheveux plats et le teint des Malais.

Le dimanche 2 octobre, je suis allé à l'office protestant où j'ai trouvé réunie une centaine de jeunes naturels des deux sexes ; MM. les missionnaires font les prières avec décence, mais j'ai remarqué avec peine que la tendresse maternelle de quelques dames troublait parfois le recueillement de l'auditoire. Une bonne mère donnant le sein à son enfant et souriant à ses jeux est un tableau qui nous rappelle trop la créature en un lieu où l'on ne doit penser qu'au créateur. J'ose croire que l'on me pardonnera cette réflexion qui n'est due qu'à mon respect pour la religion et au désir que j'ai de voir les prédicants joindre l'exemple au précepte.

En sortant du Temple, je me suis acheminé avec M. l'agent anglais vers son habitation qui est éloignée du palais d'environ 2 milles. La maison de Mr. Hastie est propre et agréable, elle est située au milieu d'un jardin dont la disposition et l'entretien annoncent dans le propriétaire un agriculteur éclairé. Ce n'est pas le seul mérite de M. Hastie, sa conversation est celle d'un homme à qui les lettres et même les sciences ne sont pas étrangères. J'ai plus d'une raison pour croire que Radama lui doit une bonne partie de sa grandeur. M. Hastie est à Madagascar depuis 1816 ; il a suivi le roi dans presque toutes ses expéditions et il parle des différentes contrées qu'il a parcourues en homme qui sait observer.

Dans l'ouest de la montagne de Tananarive on voit trois monticules que l'on s'occupe à aplanir pour y édifier le palais du roi. Dans le cours de mes promenades, je me suis arrêté quelques instants à considérer la tombe des compagnons de Mr. Lesage. On aimerait à y trouver quelque inscription qui rappelât l'époque des premières relations entre le roi Ambaniandre et les Anglais. Ces tombeaux sont dans le sud de Tananarive, auprès sont deux portes souterraines par lesquelles on sort de la ville, pour se rendre sur une belle place située au pied même de la montagne ; c'est là que se tient un marché nombreux le vendredi de chaque semaine. On y vend du riz, des bestiaux, de la toile, de la poterie, du fer, du coton, de la soie, etc. La piastre d'Espagne entière (frada), ou coupée par morceaux (vaky-vaky), a seule cours à Émirne. On pèse ces morceaux pour faire une valeur désignée. Les poids qu'ils nomment *Vatou* sont d'une demi-piastre (louzou), d'un quart (kiroubou), d'un huitième (sikadsiny), d'un douzième (rouvouamena) ; il est encore d'autres fractions de bien moindre valeur (1/24 : Vouamena, 1/72 : Erounoubatou, 1/144 : Vary-dimy-venty, 1/720 : Vary-rey-venty) ; mais quoique dénommés, on n'a pas de poids particulier pour les éprouver. On les donne et reçoit plutôt comme une marchandise que comme un représentatif d'une valeur fixe.

Le marchand Ambaniandre surfait par habitude, et il n'est pas rare de voir obtenir un objet pour la moitié du prix demandé.

Le commerce des objets et ustensiles de peu de valeur se fait par échange. Du riz, du tabac, de la poterie contre de la viande, du sel et même de petits morceaux d'argent qui, dans ce cas, n'ont pas de valeur déterminée. L'usage que l'on a de couper l'argent est sujet à plusieurs inconvénients dont le plus grand sans doute est celui de faciliter aux fripons le moyen de circuler de la fausse monnaie qu'il est très difficile de distinguer parmi une multitude de petits morceaux d'argent de forme irrégulière. Les Ambaniandres sont adroits faux-monnayeurs, et j'ai vu quelques piastres de leur fabrique qui font regretter que les talents de l'ouvrier ne soient mieux employés.

21 octobre.

Le Roi est à quelques lieues de Tananarive ; on annonce son entrée pour jeudi 27 mais ses sorciers peuvent encore l'engager à différer. Les Ambaniandres ont des jours heureux et malheureux ; ils consultent aussi les entrailles des victimes, et Radama qui ne croit plus à ces superstitions ne veut cependant pas s'en affranchir ouvertement. M. Hastie m'a dit que, par respect pour ces préjugés, ce prince il y a quelques années, était demeuré 16 jours a la porte de Tananarive et qu'une guerre survenue dans ces entrefaites l'avait obligé de repartir sans entrer dans sa capitale.

Les Ambaniandres admettent un *Être suprême* qu'ils nomment *Andria-Manitra*, mais ils ne lui rendent point de culte régulier. Je ne crois pas qu'on doive les qualifier d'idolâtres malgré leurs toiles sacrées, leurs petites figures de bois ou de pierre, parce que ces objets de leur vénération et auxquels ils ont recours dans leurs calamités, ne sont considérés par eux que comme un talisman que la divinité a bien voulu douer de quelques uns de ses attributs.

L'approche du Monarque met tout Tananarive en mouvement. On balaie les rues, on nettoie les maisons. En ce moment les princesses rédigent en commun une lettre qui exprime le désir unanime qu'elles ont de revoir leur royal époux. C'est la princesse Ravao qui fait les fonctions de secrétaire. Cette jeune femme qui est à la fois demi-sœur et belle-fille de Radama, rappelle un usage bien étranger de nos mœurs. Un père meurt et son fils hérite même de ses femmes, à l'exception pourtant de celle qui lui donna le jour.

29 octobre.

Le roi est enfin à Tananarive, il a fait son entrée le 27 ; l'affluence du peuple était extraordinaire et je ne me faisais pas auparavant une idée de la population vraiment incroyable d'Émirne. Dès le matin les rues étaient remplies d'une foule de personnes de tout âge et de tout sexe.

À midi les reines et toutes les femmes de distinction sont allées s'asseoir sur les degrés qui conduisent à la principale porte du palais. Elles avaient pour vêtement une tunique de soie rayée recouverte d'une longue Toutourane blanche. Leurs chevelures divisées en grosses boucles artistement arrangées étaient ornées d'une fleur de nénuphar jaune. Les princesses se distinguaient des autres femmes par des colliers, des bracelets en or. À deux heures de l'après midi, on a tiré du canon pour annoncer le départ du roi ; et un instant après on a aperçu son cortége défilant au milieu de la plaine qui est dans l'ouest de Tananarive.

Le prince était accompagné de sa garde composée d'environ 3.000 hommes y compris les *Tsi-mandoua* (qui n'ont point de mal au cœur), ou gardes du corps. Toutes ces troupes armées et habillées à l'anglaise, s'avançaient en bon ordre sur quatre rangs ; l'artillerie ouvrait la marche, venait ensuite la musique, puis les compagnies de la garde.

Radama, monté sur un joli cheval bai-brun, venait immédia-tement après, accompagné d'officiers aussi à cheval. Il avait un frac bleu, un chapska rouge et un pantalon blanc ; quelqu'un lui tenait au-dessus de sa tête un grand parasol de satin blanc. Deux femmes placées à droite et à gauche lui donnaient de l'air avec une espèce d'éventail indien. La marche était terminée par les *Tsimandoua*, sorte de troupe irrégulière qui accompagne le roi nuit et jour. Les Tsimandoua avaient pour unique vêtement une ceinture rouge et noire, deux écharpes de même couleur qui se croisaient sur la poitrine et sur le dos, et un bonnet de poil.

Le Roi, en arrivant sur la place d'Andouhely, est descendu un instant pour y recevoir les compliments de son peuple, puis il a continué sa route vers le palais. Pendant tout ce temps, les spectateurs n'ont pas cessé de chanter et claquer des mains en cadence. Arrivé au palais, Radama a été tour à tour complimenté par ses femmes, ses ministres, etc. Il était debout dans sa galerie environné de ses principaux officiers. Les femmes et les ministres étaient assis par terre au-dessous de la galerie. À 6 heures du soir le Général Brody et le colonel Ravelou-solam sont venus m'inviter à dîner de la part du Roi qui m'a fait un accueil fort gracieux. Il parle assez bien français. C'est un homme de 30 ans, petit mais bien proportionné ; son teint est plus clair que celui des Malais. Sa physionomie est agréable, ses yeux annoncent de l'esprit, il est d'une vivacité extraordinaire.

Les conversations gaies et légères sont de son goût, et ses brusques interpellations annoncent qu'il n'aime pas à voir traiter trop longuement un sujet. Le Roi a congédié de bonne heure ses convives, mais non pour aller lui-même prendre du repos, car les danses et les chants n'ont pas eu d'interruption toute la nuit.

Ce matin, de bonne heure, on a immolé un taureau et une vache ; et immédiatement après cette cérémonie, le Roi est sorti avec la musique, ses chanteuses et ses Tsimandoua pour aller, je ne sais où, remplir quelque devoir religieux.

Il n'était pas encore de retour, lorsqu'un orage violent accompagné de grêle et de pluie a éclaté sur la ville ; mais le mauvais temps, loin d'interrompre les plaisirs bruyants de la cour, a semblé au contraire en accroître l'ardeur. On dansait en plein air, malgré la pluie et la boue devant le palais du prince qui est venu lui-même les pieds et la tête nus, revêtu d'une simple *Cachêne* (toile de soie qui se fabrique à Émirne), se mêler à ces singuliers amusements.

C'est au son du tambourin, des cymbales et d'une sorte de hautbois qu'ont lieu ces danses qui sont de vraies pantomimes où chaque acteur semble improviser.

5 novembre.

J'ai commencé le portrait de Radama qui vient poser le matin lorsque les plaisirs de la nuit ne le retiennent pas trop longtemps au lit. Ce prince mène une vie fort extraordinaire. L'heure de ses repas comme de ses occupations n'a d'autres règles que son caprice. C'est aussi son caprice qui dirige ses amusements. Je suis quelquefois réveillé au milieu de la nuit par des chants, des hurlements, des décharges de mousqueterie, etc. La musique ne cesse pas de jouer pendant tout le jour et une bonne partie de la nuit. Les danses quelquefois cessent vers minuit. Il y a un moment de calme, puis tout à coup le bruit recommence, des chevaux passent au galop, c'est le roi auquel il vient de prendre fantaisie de faire une promenade à cheval.

Radama mange ordinairement seul ; presque jamais ses femmes ne sont admises à sa table, quelquefois ses sœurs et les étrangers qui lui paraissent mériter cette distinction. Il est servi en vaisselle plate, il aime les mets simples et boit peu du vin auquel il préfère l'eau-de-vie et le gin ; cependant je n'ose pas encore assurer qu'il en fasse un usage immodéré.

Dans un des courts et rares intervalles pendant lesquels le palais est en silence, le Roi m'a fait inviter à aller visiter son école royale. Je l'y ai trouvé lui-même entouré d'une centaine de jeunes filles qui écrivaient sous sa dictée. J'y ai remarqué de jolies écritures, et quelques problèmes d'arithmétique, proposés devant moi, ont été résolus avec beaucoup d'exactitude. Cette école qui est sous la surveillance immédiate du prince a été fondée par un français appelé Robin et est actuellement dirigée par ses plus forts élèves.

M. Robin est encore le fondateur de l'école militaire qui se tient dans le même local à une heure différente. Les élèves emploient dans leur écriture les caractères européens, et pour éviter les défauts de ces caractères, il fut convenu entre M. Hastie, les missionnaires James et Jeffreys et M. Robin que l'on prononcerait les consonnes comme les anglais et les voyelles comme les français. On devait retrancher de l'alphabet les lettres inutiles à la langue ambaniandre, mais ces sages dispositions ne sont pas exécutées, l'élève lit toujours dans son alphabet : c, q, w et x dont il n'a pas l'emploi, et les maîtres anglais prononcent toujours les voyelles à la manière anglais.

7 novembre.

Aucun peuple n'eut pour son roi une plus grande vénération que l'ambaniandre ; elle est même poussée jusqu'à l'idolâtrie, aussi leur dévouement pour lui n'a pas de bornes. Le malgache dans son obéissance aveugle n'écoute pas même la voix sacrée de la nature.

Un voleur, il y a quelque temps, fut crucifié par ordre du roi ; deux jours après sa femme fut aperçue dans une fête, « Malheureuse, lui dit quelqu'un, comment peux-tu, être gaie ? » « Eh quoi ! répond cette femme, m'est il permis d'être triste lorsque Radama est satisfait ! »

Un père en ce pays livre lui-même la tête de son fils coupable. Un frère qui ne jetterait pas la pierre à son frère qu'on lapide courrait le risque d'éprouver le même sort tant est forte la prévention en faveur du *Roi-Dieu*.

Il n'y a point ici de gens de police et nulle part un coupable n'est plus promptement et plus sûrement arrêté. Le proscrit n'a point d'asile chez les Ambaniandres ; il périra si le Roi veut qu'il périsse.

La princesse Rassalima, lasse des mauvais procédés que lui attirait sa qualité d'étrangère, prend le parti de s'enfuir avec un officier du roi son père. On ne s'aperçoit de son évasion que le 3e jour, et le 5e elle était arrêtée à 40 lieues de Tananarive. Radama est non seulement roi, il est pontife ; il est même quelque chose de plus aux yeux de ses sujets. Une députation du peuple est venue ces jours derniers lui demander de la pluie pour les riz que la sécheresse menace de faire périr.

J'ai assisté ces jours derniers à un mariage. Cette cérémonie se fait en famille et sans l'intermédiaire d'aucun officier public. Le père présente sa fille au futur époux en l'engageant à rendre son épouse heureuse et à ne pas lui faire regretter la maison paternelle, puis il prévient la jeune personne sur les nouveaux devoirs qu'elle aura à remplir et termine ses conseils en disant que si son mari ne la traitait pas d'une manière convenable, elle pouvait revenir dans la maison de son père où on la reverrait toujours avec plaisir.

Les divorces se font avec la même simplicité que les mariages et l'on se quitte dès l'instant que l'on ne se convient plus.

Cependant l'adultère est fort commun, mais si parfois les lois semblent le tolérer, il est aussi des circonstances où elles le punissent avec la dernière rigueur. Toute femme (Mifady) qui est faible en l'absence de son mari, peut, si l'époux offensé l'exige, être punie de la peine capitale, mais son complice n'est pas même supposé coupable. Comment concilier cette loi atroce avec le relâchement des mœurs de l'Ambaniandre et son insouciance conjugale ? Il est remarquable au surplus, que si le mari se trouvait dans la province d'Émirne pendant l'infidélité de sa femme, il n'a pas droit de s'en plaindre. Souvent même la coupable vient elle même annoncer son délit à son mari, en lui disant qu'il a cessé de lui plaire et qu'elle a fait un autre choix.

Il n'est je pense aucun lieu du monde où le libertinage soit plus effréné qu'à Tananarive et en général à Madagascar. Nulle idée de pudeur. J'ai vu plus d'une fois des femmes du peuple courir entièrement nues au milieu de la ville.

13 novembre.

J'ai dîné hier avec le Roi ; ce prince m'a fait beaucoup de questions sur les Gouvernements de l'Europe, sur leur industrie, leur commerce, leurs ressources militaires. Il paraît avoir la plus grande envie de s'instruire, son esprit est juste et pénétrant, mais il aime beaucoup trop les plaisirs.

Il a soumis à mon interprétation une lettre qu'il vient de recevoir de Maurice. Elle est d'un M. B…n, qui s'annonce à la fois comme militaire, négociant, chimiste, homme d'état, etc., etc., et finit sa volumineuse épître par une demande de *premier ministre secrétaire d'État*. La lecture que j'ai faite de cette extravagante production a beaucoup amusé le Roi. Il m'a aussi demandé ma façon de penser à l'égard d'une Société projetée, dont le plan avait été soumis à son approbation par les Missionnaires ; et comme je n'entrevoyais ni pour lui, ni pour ses sujets aucun inconvénient dans cette association de Bienfaisance, je lui ai répondu suivant ma pensée.

J'avais déjà eu moi-même connaissance de ce projet par MM. Jones et Griffith qui étaient venus me proposer d'y souscrire. Il s'agissait d'établir à Madagascar une congrégation qui aurait pour but la propagation de la religion chrétienne dans cette île et la civilisation de ses habitants. Une institution de ce genre s'accordait trop avec mes principes pour être arrêté par des motifs de politique auxquels j'ai toujours pensé qu'un simple particulier doit demeurer étranger jusqu'au moment où son gouvernement réclame ses services. (Je ne crois pas que l'on puisse me reprocher, comme catholique-romain, de m'être agrégé à une Société protestante, car je crois fermement que quand il s'agit de faire le bien, toutes les sectes chrétiennes doivent se réunir). J'ai donné sans hésitation ma signature.

Le Roi, naturellement méfiant, n'a pas pris aussi promptement une détermination. Il a d'abord ajourné une réunion des sociétaires pour aller lui-même s'instruire du véritable but de la Société ; puis le jour indiqué, au lieu de se rendre à la salle des séances il a envoyé deux de ses officiers peur ordonner aux membres de se séparer.

18 décembre.

Le Roi s'est enfin décidé à autoriser les réunions de la Société missionnaire. C'est aux talents de M. Hastie que l'on doit la réussite de cette entreprise que le zèle un peu indiscret de quelques membres avait pensé faire échouer.

Radama aime la gloire ; il est surtout jaloux de se rendre favorable l'opinion de l'Europe civilisée, et M. Hastie sait avec adresse tirer parti de la crainte qu'a le Roi qu'on ne le signale aux princes européens comme un homme ennemi de la civilisation, pour le diriger vers ce qu'il y a de meilleur dans nos institutions et détruire peu à peu les nombreux abus auxquels ce pays est livré. Mais M. Hastie ne réussit pas toujours et s'il est quelquefois favorisé par l'amour-propre du Monarque, il est encore plus souvent entravé par la passion de ce prince pour les plaisirs, passion malheureuse qui détruit momentanément en lui une partie de ses belles qualités, affaiblit les ressorts de son âme et ruine sa santé.

Radama, depuis son arrivée, n'a mis que quelques instants d'interruption à ses bruyantes orgies. Cependant le peuple est malheureux, et ses souffrances qui vont toujours en augmentant sont bien capables d'attirer l'attention du monarque et l'engager à les adoucir, si véritablement il est ami de la civilisation.

Les nouvelles les plus fâcheuses arrivent chaque jour des bords de mer où la fièvre et la famine enlèvent tous les soldats. Il faudrait renouveler les troupes, et les mères regardent en frémissant partir leurs fils qu'elles ne doivent plus revoir. Car ils ont à redouter à la fois la maladie, la guerre et la famine. Les princes malgaches n'habillent point, ne nourrissent point, ne paient point leurs soldats. (Je ne crois pas que l'on puisse regarder comme paie la petite gratification d'un Kiroubou que le soldat reçoit une fois par an. M. Hastie s'occupe en ce moment d'améliorer le sort des troupes). Ces malheureuses victimes de l'ambition après avoir consommé leur modique fortune sont obligés pour vivre d'engager la liberté de leurs femmes, de leurs enfants, la leur même ; et si le hasard de la guerre vient à les épargner, un sort plus affreux que la mort les attend dans leur patrie.

Le guerrier qui a exposé ses jours pour la défense de son roi, en rentrant dans son pays natal, est vendu comme une bête de somme par un créancier qui ne fait qu'exécuter les lois barbares de son pays. J'ai moi-même acheté et rendu à la liberté le fils d'un de ces malheureux soldats dont l'épouse gémit encore dans les fers de l'esclavage.

Le bourgeois Ambaniandre n'est guère moins malheureux que le militaire, et si sa vie est moins en danger, sa liberté est bien autant exposée. Outre l'exorbitant impôt de la dîme (Efa-soulou), l'imposition personnelle et une capitation sur les esclaves, l'Ambaniandre est encore sujet à la Corvée ; quatre jours de la semaine il travaille pour le Roi, les princes, les ministres et les soldats. (On laboure les terres des soldats que la guerre tient éloignés de leur pays). Si les 3 qui lui restent ne lui suffisent pas pour se nourrir et payer les impôts, il est vendu à l'encan.

C'est le sort qui attend tout débiteur insolvable ; et comment ne pas le devenir, lorsque l'on se trouve dans la malheureuse nécessité d'emprunter en un pays où l'intérêt légal et de 33,1/3 %, intérêt bien modique comparativement à celui de 60 en usage il y a quelque temps, et dont la réduction n'a été obtenue qu'avec les plus grandes peines par Mr. Hastie, qui souvent est obligé de se contenter de ces légers succès sur l'ignorance et l'avarice, pour ne pas tout détruire par un zèle intempestif.

24 décembre.

Toute la cour est depuis quelques jours en pèlerinage au tombeau d'Andrian-Ampoïny, ancien roi d'Émirne et père de Radama. Ce monarque fit autrefois le bonheur de ses sujets qui ont conservé l'habitude de s'adresser à lui dans leurs calamités.

Les pluies, qui tous les ans, depuis le mois de novembre jusqu'à celui de mars, viennent régulièrement chaque jour abreuver les terres et les fertiliser, retardent beaucoup cette année, et font craindre pour les récoltes. Une députation de cultivateurs est venue supplier Radama d'intercéder pour eux auprès de son père.

Quelques jours avant le départ de la cour, il y avait eu chez Mr. Hastie une réunion nombreuse pour y voir une machine à dévider la soie. La beauté des fils obtenus par cette mécanique et la promptitude de l'exécution causèrent beaucoup de surprise aux assistants habitués dans leur pays à voir filer la soie comme le coton. Mr. Hastie depuis longtemps les avait engagés à suivre les fils du cocon au lieu de le réduire en bourre. Mais l'Ambaniandre n'en croit que ses yeux. Pour lui la théorie est inutile s'il ne voit pas en même temps l'application, et ce n'est pas le seul trait de ressemblance que l'on puisse trouver entre lui et le Chinois.

J'ai été témoin hier d'une cérémonie funèbre. Quatre-vingt ou cent personnes des deux sexes, les cheveux épars, accompagnaient en silence une bière recouverte de drap rouge. Un homme portant un drapeau blanc précédait la marche. De temps en temps on faisait des décharges de mousqueterie. Arrivé au lieu destiné pour la sépulture, le drapeau a été planté à une des extrémités de la tombe, puis l'on a immolé un certain nombre de bœufs dont chaque assistant a emporté un morceau.

Les Ambaniandres paraissent avoir le plus grand respect pour les tombeaux, qui sont tous construits en pierres ou en briques, de la forme d'un prisme rectangulaire assis sur une base plus ou moins élevée. Chaque famille a un lieu particulier pour la sépulture de ses membres, et le plus grand malheur qu'ait à redouter un Ambaniandre est de ne pas être enseveli dans le tombeau de ses pères. Aussi, lorsque la guerre ou la contagion fait périr quelqu'un loin de son pays, ses parents vont au péril de leur vie chercher ses os pour les déposer dans le tombeau de famille.

Parmi les fléaux qui désolent cette année Madagascar, on ne peut oublier les sauterelles. Leurs nuages épais obscurcissent réellement l'éclat du soleil. Elles semblent profiter des petites brises du Nord-Est pour s'élever au-dessus des montagnes, dont elles se précipitent dans les plaines de riz. Les naturels les chassent en poussant de grands cris, et soit par goût, soit pour se délivrer d'un ennemi dangereux, ils en emportent chez eux de grands sacs qu'ils font sécher pour les manger.

18 janvier 1826.

J'ai terminé et présenté au roi son portrait, pour lequel il m'a donné 1.500 piastres d'Espagne. Ce prince est depuis longtemps revenu de son pèlerinage qui a eu tout le succès qu'on en attendait. Radama, au surplus, ne croit pas à l'efficacité de ces sortes de dévotions, et encore moins au pouvoir divin que la superstition lui attribue. Il en rit quelquefois, et il m'a dit à moi-même que c'était une affaire de politique. Il me questionnait un jour sur mes opinions religieuses, et lui ayant à mon tour adressé quelques questions à ce sujet, il me répondit entre autres choses que les religions n'étaient que des *institutions politiques, propres à conduire les enfants de tous les âges.* C'est au reste un homme dont il est bien difficile de connaître les opinions et surtout le caractère. Il est ambitieux et passe sa vie dans les plaisirs ; il voudrait civiliser son peuple, et semble être jaloux des étrangers que ce dessein amène dans son pays.

Les amusements nocturnes ont repris avec une nouvelle ardeur au palais, et le tambourin Ambaniandre et les cymbales Sacalaves et la cornemuse Antalotte et l'Antsoury Betsimisaraka viennent tour à tour briser l'oreille de leurs sons éclatants.

Quelquefois, le croira-t-on, du milieu de ce tintamarre épouvantable, il sort des chants qui flattent et durant les fréquentes insomnies auxquelles m'expose le voisinage du Roi, je me suis

Cet air se chante la nuit au palais.

amusé à noter quelques airs que j'ai entendus avec plaisir dans la bouche des Chanteuses du Roi.

En voici deux motifs qui ne seront peut-être pas trouvés sans mérite par les personnes qui songeront que l'Ambaniandre n'a point de musique écrite.

Outre les instruments que j'ai nommés précédemment et dont l'usage est borné aux seules fêtes publiques, les Malgaches en ont encore deux autres dont ils se servent pour accompagner la voix. Le premier est une flûte que je n'ai fait qu'entrevoir. L'autre est une sorte de lyre faite avec un bambou. Les cordes ne sont autre chose que des fils déliés levés sur la surface de ce même bambou. Ces cordes au nombre de 8 sont dans le ton naturel et disposées par intervalle de tierce. Sous la main droite du joueur se trouvent les accords d'Ut majeur, et ceux de La mineur sous la gauche. Ils tirent bon parti de cet instrument qu'ils nomment *Valy*, et dont ils s'accompagnent avec méthode. Un aveugle d'Anvatou-Malaza venait assez souvent demander l'aumône à Tananarive en jouant du Valy, et je n'oserais dire ce qui me paraissait le plus admirable de la pureté des sons qu'il tirait de sa lyre, ou de la dextérité avec laquelle il en parcourait les cordes.

28 janvier

L'Ambaniandre a le plus grand désir d'imiter en toute chose l'Européen, mais trop fier pour vouloir en recevoir des leçons, il préfère souvent son ignorance à l'aveu de son infériorité. Cet orgueil se démontre dans toutes ses actions. Montrez-vous au Malgache quelque production des arts qu'il ne connaît pas encore, il s'efforcera de cacher sa surprise. Lui demandez-vous s'il en pourrait faire autant, il n'hésitera pas à répondre affirmativement. Rarement un Ambaniandre se dérange pour l'étranger qui le croise en son chemin, mais lui-même heurte sans ménagement celui qui se trouve à sa rencontre. J'attribuais leur impolitesse à l'ignorance de nos usages, mais le Roi m'a dit lui-même que c'était par orgueil.

Un capitaine de la garde entre un jour chez M. Gros, le chapeau sur la tête. M. Gros le lui arrache et le jette dans la rue. Le Roi, à qui le militaire offensé porta plainte, rassembla tous les officiers et après avoir publiquement blâmé le capitaine de son impolitesse, il adressa à tous un discours dans lequel on peut remarquer à la fois et le bon sens de l'orateur et la frivolité du caractère des auditeurs, parfaitement connue du monarque.

« Généraux, colonels, capitaines et officiers de tous les grades, écoutez la parole du roi Radama : Chaque jour les Vazaha ont à se plaindre de votre impolitesse. Est-ce moi qui vous donne l'exemple de cette grossièreté ? Serait-ce mon père Andrian-Ampouiny ? Avez-vous donc oublié qu'en mourant il m'a recommandé de rechercher l'amitié des Vazaha ? Et n'ai-je pas toujours, suivant ses désirs, fait mon possible pour les attirer dans mon pays ? Auriez-vous à vous plaindre de leur séjour parmi vous ? Mais, dites-le moi, qu'étiez-vous avant leur venue, et qu'êtes-vous maintenant ? Qui vous a appris à lire et à écrire ? À qui devez-vous la poudre, les canons, les fusils, etc. ? » Et il ajoutait : « Ne sont-ce pas les Vazaha qui vous ont apporté les habits de drap, les parasols, l'eau de Cologne, etc. ? » Il terminait son discours en ordonnant aux auditeurs d'avoir pour les Vazaha les égards qu'il leur montrait lui-même, sous peine d'encourir sa disgrâce.

Les vols sont ici beaucoup moins fréquents qu'on ne devrait s'y attendre d'un peuple pauvre et avide de richesses. Serait-ce le châtiment terrible réservé aux voleurs qui les épouvanterait ? L'esclavage, quelquefois la mort. Mais les lois européennes ne sont guère moins rigoureuses, et le vol y est infiniment plus commun.

On ne connaît guère d'autres meurtres à Émirne que ceux de la guerre et ceux qui sont commandés par le prince. Car la souveraine puissance gâte les meilleurs caractères, et l'ambition de régner étouffe les sentiments les plus sacrés de la nature.

Andrian-Ampouïny, dont la mémoire est si vénérée, a pourtant fait périr lui-même un de ses fils pour en favoriser un autre, et Radama, élevé au milieu des meurtres de l'ambition, a dû se rendre coupable des mêmes atrocités. Ses frères ont disparu, et l'ami de l'humanité, en voyant un trône élevé sur les tombeaux de la famille, plaint le malheur d'un prince qui n'est pas guidé par les lumières de la civilisation.

Voici un trait dont je n'ai pas été témoin, mais le caractère des personnes de qui je le tiens m'est un sûr garant de son authenticité. Le roi, mécontent de son beau-frère Jagarvouny, fait appeler le soir sa sœur au palais, la comble de caresses, lui montre divers bijoux et l'engage à prendre ceux qui pourront lui plaire. Cependant le général Reiny-Cheroubou s'était rendu à la maison de Jagarvouny. Il le trouva seul auprès du feu, attendant pour souper le retour de son épouse. Jagarvouny était curieux de belles armes ; sa maison était ornée de sabres, d'épées, de lances et de diverses armes à feu toutes fort élégantes. Reiny-Cheroubou prend une lance comme pour en examiner la beauté, et après l'avoir quelque temps vibrée, il la plonge tout entière dans le sein du malheureux jeune homme. Il était déjà tard, et la jeune épouse, satisfaite de l'accueil que lui avait fait son frère, le priait de la congédier. « Demeure, lui dit Radama, ton mari est mort ». L'épouse verse quelques larmes mais bientôt le préjugé fait taire la nature. « Vivez prince, dit-elle, votre volonté est celle de Dieu même ». Jagarvouny était fils d'Andria-Manba, second ministre de Radama. Ce malheureux père a vu périr tous ses fils d'une manière tragique ; deux ont été tués à la guerre, et le quatrième, nommé Ratsi-Tatany, après avoir été exilé de Madagascar, où on le soupçonnait à tort d'avoir voulu attenter à la vie du roi, vint en 1821 à Maurice, d'où il devait passer à Rodrigue, lieu désigné pour son exil. Quelques esclaves du Port-Louis, profitant de son séjour dans cette île, le mirent à la tête d'une insurrection dont le signal devait être l'embrasement de la ville. Moins coupable que ceux qui l'avaient séduit, Ratsi-Tatany eut le même sort qu'eux, et sa mort enleva à Andriamanba le dernier de ses fils.

Je reviens aux Ambaniandres. Il n'y a point chez eux d'exécuteurs publics, et l'homme désigné par le roi pour en remplir momentanément les fonctions, se trouve fort honoré de ce choix. Une exécution est une sorte de fête à laquelle le peuple se fait un plaisir de participer en augmentant les souffrances du patient. Encore une fois, comment concilier ces horreurs avec le caractère doux et léger du malgache ?

En rapportant les traits de cruauté qui ont ensanglanté la jeunesse de Radama, je dois lui rendre la justice de dire que depuis fort longtemps on ne voit plus rien de semblable autour de lui. Chaque année ses mœurs s'adoucissent, et c'est encore ici le lieu de donner à Mr. Hastie et aux missionnaires les justes éloges qu'ils méritent pour cette amélioration qui leur est due toute entière.

4 janvier 1826.

M. Hastie vient de partir précipitamment pour Tamatave. Il m'a dit que dans son voyage, il allait faire planter des cannes à sucre dans les Bétanymènes, pour y établir une sucrerie. Il essaie aussi en toute occasion de diriger l'industrie des Malgaches vers les travaux qui peuvent l'enrichir.

On a enfin reçu quelques nouvelles du Fort-Dauphin avec lequel on ne pouvait plus communiquer depuis la révolte des Antatsimou (habitants du Sud). On lit aujourd'hui sur la principale porte du palais l'affiche suivante :

Antananarivou, 27 Alaosy 1826.

Nandrianalaza aviany for-diphin.

Ary Tsarabe indrindra Zénéral Mananoulouna, fort difain, houy Mananoulouna.

Sadivy Madagascar M. f. panjaka.

RAMANANOULOUMA.

Traduction littérale :

À Tananarive, le 27 Alaosy 1826.
Nandrianlaze est arrivé du Fort-Dauphin.
Or le Général Mananoule du Fort-Dauphin se porte très-bien ; ainsi parle Mananoule.
Salut au roi de Madagascar.

Signé : RAMANANOULE.

La langue Ambaniandre à laquelle je suis un peu initié me met ainsi au cours de ce qui se passe et facilite mes recherches sur les mœurs et les usages du pays. Cette langue est belle et beaucoup moins pauvre qu'on l'imaginerait du langage d'un peuple dont les besoins sont si bornés. Elle est douce et tout ce qui peut blesser l'oreille ou gêner la prononciation en est sévèrement banni. Les Ambaniandres craignent hiatus, le redoublement des consonnes. Tous leurs mots finissent par *ou*, *a* et *y* ; mais ces finales ont presque toujours le son presque insensible de l'*e* muet des français. Ils n'ont qu'un seul genre et un seul nombre. Ils conjuguent non seulement les verbes, mais encore plusieurs adverbes et conjonctions. Les verbes neutres mêmes ont un passif, et ce passif des verbes s'emploie de préférence à l'actif, surtout à l'impératif. Au lieu de verbes auxiliaires, ils ont quelques lettres ou quelques syllabes initiales qui en tiennent lieu. Ces mêmes lettres initiales sont fort souvent l'unique différence qui se trouve entre le verbe qui indique l'action, le substantif qui en désigne l'effet ou la cause, et même entre tous ses divers attributs.

Pianatra veut dire : *apprenti* ; *Mianatra*, *apprendre* ; *Ampianatra*, *celui qui enseigne* ; et *Mampianatra* est le verbe *enseigner*.

Manao veut dire *faire* ; *Panao* est *celui* qui fait ; *Fanao* est l'*instrument* qui sert à faire.

Tous les noms d'hommes, d'animaux, de lieu, etc., sont caractéristiques. Je veux dire que les noms d'hommes par exemple font une allusion, ou aux circonstances de la naissance de l'individu, ou à son physique, ou à son état futur, etc. L'une des sœurs du roi s'appelle : *Ra-Tsy-manoumpou, qui ne sert personne* ; une autre *Raboudou-saondra, fleur de lys droite.*

Une jeune fille délaissée par sa famille presqu'au moment de sa naissance fut nommée : *Rai-tian-nou-havana, ceux qui m'aiment sont ma famille.* La particule *Ra*, qui précède une grande partie des noms propres, est purement honorifique et n'a de sens que dans cet emploi. Les mots français : *Sieur* et *Dame* ne la rendent pas avec exactitude, mais je n'en connais pas de plus rapprochés. Une partie de ces réflexions sur la langue Ambaniandre m'a été suggérée par les missionnaires, qui dans toutes les circonstances ont mis à satisfaire ma curiosité la plus grande complaisance. Cet aveu est destiné tout à la fois à inspirer à mes lecteurs quelque confiance dans mes assertions et à leur faire connaître que je n'ai point envie de me parer du savoir d'autrui.

Après une série de vingt-deux observations méridiennes faites avec le cercle répétiteur et l'horizon artificiel, M. Hastie et moi avons trouvé pour latitude de sa maison, située à environ deux milles du palais, 18° 52' 19". M. Hastie avait précédemment trouvé 18° 53' avec le sextant.

3 février.

Les environs de Tananarive présentent en ce moment un aspect des plus intéressants. Une plaine immense de riz divisée en carreaux plus ou moins verts suivant le degré de maturité ; de nombreux villages placés comme des Îles au milieu de cette mer verdoyante ; une infinité de canaux et de rivières promenant au hasard dans cette belle plaine leurs sillons tortueux remplis d'une eau limpide où vient se peindre l'image tremblotante des montagnes rembrunies qui terminent l'horizon ; une multitude d'hommes, de femmes, d'enfants, occupés les uns aux travaux de l'irrigation, les autres à transplanter les riz, etc., tel est le tableau dont jouit l'habitant de Tananarive dans les belles matinées de janvier, et jusqu'au moment où les nuages noirs qui se sont peu à peu amassés vers l'Ouest commencent à s'élever, au-dessus des montagnes. La scène change alors, une brume épaisse s'avance sur la plaine qu'elle dérobe bientôt aux yeux du spectateur, de larges sillons en parcourent l'espace en silence. Bientôt le tonnerre se fait entendre. Des trombes dévastatrices fondent sur les habitations dont elles ne laissent plus de traces. La pluie coule par torrents… À minuit le temps redevient serein pour s'obscurcir encore le lendemain à la même heure, car peu de jours sont exempts de cette variation régulière de la température qui fait la richesse d'Émirne, en fournissant aux riz une humidité qui leur est indispensable.

À Émirne on cultive le maïs, le manioc, la batate, la barvade, le coton et surtout le riz. C'est à cette dernière culture que se rapportent presque tous les travaux de l'Ambaniandre, et c'est aux fruits qu'il en retire qu'il doit son aisance. Mais par combien de peines et de travaux cette aisance est achetée, si tant est qu'il l'obtient !

Le riz ne se cultive que dans les plaines ou sur le penchant des montagnes arrosées de quelque source ; car il faut constamment de l'eau pour cette culture, et le premier travail de l'Ambaniandre cultivateur de riz est de creuser des canaux pour aller chercher l'eau, de préparer son terrain pour la recevoir, l'y conserver tant qu'elle sera nécessaire, et l'en faire sortir lorsqu'elle devient nuisible.

Plusieurs cultivateurs réunissent leurs forces pour creuser ces canaux qui ont quelquefois 15 et 18 milles de longueur. Le propriétaire dont le terrain est le plus élevé reçoit l'eau le premier ; son champ est divisé en petits carreaux bien nivelés qui sont entourés de fossés de terre glaise dont l'élévation est proportionnée à la quantité d'eau nécessaire au riz. Lorsque ce réservoir est plein, le superflu de l'eau déverse par dessus les fossés et va arroser les carreaux et les champs inférieurs. On accélère et l'on dirige quelquefois l'irrigation ou la dessiccation par le moyen de petites écluses ; mais les places sont ordinairement disposées avec tant d'art et la hauteur des fossés si bien calculée, que les eaux déversent fort également et se trouvent pour l'ordinaire absorbées à l'époque où elles deviendraient nuisibles.

L'Ambaniandre laboureur n'a pas d'autre instrument qu'une longue bêche qu'il enfonce péniblement dans une terre dure et tenace pour lever une à une les glèbes qu'il laisse sécher pour les disposer ensuite à recevoir la semence qu'il y jette en profusion. Parvenu à la hauteur d'un pied, le riz se transplante brin à brin dans un terrain préparé comme celui destiné à la semence, et où on le laisse parvenir à sa maturité. On coupe le chaume au ras de terre, et la paille liée en faisceaux est envoyée au marché pour y être vendue comme combustible ; et le riz se jette dans des puits d'où on le tire au fur-et-à-mesure que les besoins du propriétaire l'exigent. Je n'ai pas besoin de faire remarquer combien l'usage de la charrue et des bœufs allégerait le travail des Ambaniandres, mais je crois devoir avertir que les innovations sont difficilement accueillies par un peuple ignorant, et Mr. Hastie a souvent lieu de connaître cette vérité.

16 mars.

On annonce la mort de J. René, et Mr. Hastie arrivé depuis deux jours repart demain pour Tamatave où il est appelé comme exécuteur testamentaire du prince des Bétanimena.

La princesse Rassalima, accouchée le 7 d'une fille, a fait aujourd'hui son entrée au palais d'où elle était sortie pour aller faire accoucher à la campagne. Les troupes ont été sous les armes tout le jour.

À 3 heures de l'après-midi, le roi et les reines sont allés jusqu'à l'entrée de la ville au-devant de l'accouchée dont l'approche a été annoncée par un coup de canon. À 4 heures le cortège s'est mis en marche vers le palais. Le roi était à la tête accompagné de ses premiers officiers, de sa musique et entouré de ses Tsimandoua.

Le général Raphigena et sa femme, tous deux à cheval, escortaient deux palanquins où l'on voyait Rassalima et son enfant sur les genoux d'une nourrice. Les autres reines vêtues de manteaux rouges, suivaient les palanquins, grimpées sur les épaules de six robustes Ambaniandres. Venait ensuite une longue file de jeunes femmes vêtues de Toutouranes blanches ; deux rangs de soldats environnaient le cortège qui ne s'est arrêté qu'au palais où l'on a dansé toute la nuit.

Le soir de l'accouchement de Rassalima, le roi, transporté de joie, avait accordé à son peuple une permission qui excita le courroux religieux des missionnaires et désola Mr. Hastie, à qui elle manifesta le peu de progrès de son élève dans la civilisation. Par ordre du monarque, les femmes de toutes les classes, mariées ou non, *Mifady* ou non *Mifady*, furent mises pour une nuit à la discrétion des jeunes gens. Je n'ai partagé ni l'indignation des missionnaires, ni même la désolation de Mr. Hastie, parce que j'ai pensé qu'un roi ne donne point des ordres de cette nature à une nation qui n'est point disposée à les suivre, et qu'avant d'espérer la réforme morale du prince, il faut que la masse du peuple soit éclairée ; mais j'ai vu dans cette permission licencieuse, qui du reste appartient à un usage établi longtemps avant Radama, la confirmation de ce que j'ai précédemment fait remarquer à l'égard du débordement des mœurs de l'Ambaniandre. Je dis que cet usage est fort antérieur à Radama, et il suffit en effet de converser quelque temps avec les Ambaniandres pour s'en convaincre. Longtemps avant ce prince, il y avait certaines fêtes durant lesquelles tout était permis ; et il existe encore quelques familles, qui en raison des services de leurs ancêtres, ont le droit de voler impunément.

Plusieurs réunions de la *Société missionnaire* ont eu lieu depuis son installation. Dans la séance du premier lundi de février, j'ai soumis une proposition qui a été adoptée par la grande majorité. La voici, telle qu'elle est consignée dans les Archives de la Société :

« Le moyen le plus sûr pour accélérer la civilisation d'un peuple est, on n'en peut douter, de lui ouvrir une communication facile avec les nations civilisées par le moyen de l'étude des langues. Mais tous les individus d'une grande nation ne sauraient se livrer à cette étude toujours pénible et souvent incompatible avec d'autres occupations.

« On obvie à cet inconvénient par la traduction des écrits auxquels le monde civilisé accorde le plus d'estime. Par cette méthode un peuple neuf profite de l'expérience des autres nations et ne tarde pas à se mettre au niveau des connaissances du siècle.

« D'après ces considérations, le soussigné propose à la Société missionnaire de décerner un prix aux élèves qui auront le mieux réussi dans la traduction en langue malgache de quelques morceaux choisis de l'Écriture Sainte. Ce prix sera décerné publiquement tous les trois mois, et l'on priera Sa Majesté Radama d'honorer cette cérémonie de sa présence ou au moins d'y envoyer quelques uns de ses premiers officiers. Pour subvenir aux frais de cette distribution de prix, il va être ouvert une souscription dont la somme sera placée à l'intérêt légal du pays, et le produit de cet intérêt au bout de trois mois sera distribué aux jeunes élèves ; à savoir deux tiers au plus méritant, et un tiers à celui qui en approchera le plus.

« *Remarque* :

« Comme les élèves ne sont peut être pas encore en état de traduire, le prix sera donné le premier trimestre à celui qui répondra le mieux aux questions qui lui seront faites sur les passages de l'écriture qu'on lui a déjà appris.

« Tananarive, le lundi février 1826.
« *Signé* : COPPALE. »

Cette distribution de prix a eu lieu hier à la suite d'un examen de l'école qui avait aussi été arrêté dans une autre séance de la Société. J'ai été chargé de faire le rapport de cette cérémonie, et la copie en a été envoyée en Angleterre. Je crois devoir la reproduire ici, en priant le lecteur de reporter sa mémoire vers ce que je lui ai dit des opinions religieuses du roi.

« *Rapport sur la séance du 27 mars tenue à l'église protestante de Tananarive pour l'examen des écoles de la mission*

« Conformément aux arrêtés pris dans les diverses séances de la Société Missionnaire, tous les élèves des diverses écoles de Tananarive et des villages voisins se sont réunis aujourd'hui dans le temple protestant pour la distribution des prix destinés à ceux qui par leurs talents et leurs progrès dans les différentes branches d'enseignement l'emporteraient sur leurs condisciples.

« Les sociétaires de l'école missionnaire étaient présents à cette distribution, et sa Majesté Radama a bien voulu y assister avec ses principaux officiers. On a commencé par l'examen des feuilles d'écriture des écoles de Tananarive, puis on a donné à résoudre aux élèves quelques problèmes d'arithmétique. Le roi a lui-même procédé à l'examen avec beaucoup d'intérêt, et lorsque l'on a été fixé sur le choix de l'écolier dont la supériorité avait mérité le prix, Sa Majesté, outre la récompense décernée par l'école, a accordé au jeune vainqueur une médaille d'argent, en accompagnant ce don de paroles obligeantes et propres à l'encouragement.

« L'examen des écoles de Tananarive terminé, on a procédé .à celui des écoles circonvoisines. Le prince a ensuite donné le prix d'excellence à ceux des élèves des deux sexes qui lui ont été désignés comme l'ayant généralement emporté sur tous les autres par leurs progrès, leur assiduité, leur bonne conduite.

« Les jeunes garçons ont obtenu une médaille de Sa Majesté, qui a de plus accordé aux jeunes filles une couronne de rubans qu'il a bien voulu ceindre lui-même autour de leur front.

« Des plumes, de l'encre, du papier, des crayons ont été ensuite distribués aux jeunes précepteurs des villages pour les besoins de leurs écoles.

« Pour terminer la séance, on a donné aux élèves à traduire de l'anglais en langage malgache un verset de l'Écriture Sainte. L'élève qui a le mieux réussi, en recevant son prix des mains du roi, lui a dit qu'il regardait cette récompense comme un avertissement de travailler sans cesse à se rendre capable d'être, par la suite, utile à sa patrie et à son roi. En même temps, la musique a joué le *God save the king*, et la séance a été levée.

« En s'en retournant à son palais, le roi a fait rassembler sur la place d'Andouhely les élèves au nombre d'environ deux mille, que la petitesse du local du temple ne lui avait pas permis de réunir à la fois ; et là, après avoir félicité la plus grande partie des écoles sur leurs progrès, il a adressé à quelques unes des reproches bien capables de réveiller leur amour-propre et de les exciter à imiter le zèle de leurs condisciples.

« Radama a ensuite donné dix bœufs aux élèves, en accompagnant ce don de ces paroles : « Indry ny sakafou anareo » – Voilà votre souper. Puis, il les a congédiés en leur disant : « Matahoura ny Andria-manitra, manaraka ny andriana manjaka » – Allez-vous en maintenant, craignez Dieu et obéissez au roi. »

À Tananarive, le 27 mars 1826.

Signé : COPPALLE.

Je certifie l'exactitude du présent rapport :

Le roi de Madagascar,

Signé : RADAMA.

31 mars.

On lit aujourd'hui sur la porte du palais deux affiches dont je donne ici la copie avec leur traduction littérale :

« Antananarivou 21 adijady 1826.

« Ary houy Lahy-Dama manjaka ; Lazaikiou aminareo raha misy oulouna mividy touaka amy ny vazaha very vady anianzanaka ; ary ny vazaha ividiany kiousa gadrana, dia terina amy ny tany ny touirany »

« houy RADAMA. »

À Tananarive, le 21 adijade.

Or, voici la parole du roi Lahy-Dama :

Je vous déclare à tous que si quelqu'un achète des liqueurs fortes avec les étrangers, il sera fait esclave avec toute sa famille. Quant à l'étranger qui aura vendu, on le mettra aux fers et on le renverra dans son pays.

A dit RADAMA.

« Antananarivou, 22 Adalou 1826.

« Ary houy Lahy-Dama manjaka ; Lazaikiou Aminareo Ambaniandrou tsy mivaroutra tany amy ny vahiny, raha tsy tany houentiny manoumpou.

« houy RADAMA ».

À Tananarive, le 22 Adale 1826.

Or, voici la parole du roi Lahy-Dama : Ambaniandres, je vous défends de vendre aux étrangers les terres qui ne sont point sujettes à impôts.

A dit RADAMA.

La première de ces ordonnances renouvelle une loi très sage d'Andrian-Ampouiny. Elle ne concerne que la seule province d'Émirne. Je ne sais trop quel est le motif de la seconde. Ce n'est que depuis peu de temps que les lois sont promulguées par voie d'affiche. Elles étaient auparavant notifiées de vive voix au peuple, sur la place du marché.

7 avril.

Il me souvient en ce moment d'une conversation que j'ai eue avec le roi il y a quelques jours. Je lui parlais de la civilisation et des avantages qu'elle procure aux peuples qui ont le bonheur de la connaître. Il m'interrompit brusquement :

« J'étais, me dit-il, à Foulpointe avec mon armée ; une frégate anglaise commandée par M. Moresby se trouvait en rade. À neuf heures du soir, nos gens sont venus se plaindre des matelots anglais qui étaient entrés de force dans leurs tentes pour enlever leurs femmes.

« Eh bien, continua Radama en m'adressant la parole, sont-ce là les fruits de la civilisation ? »

J'eus beau lui dire que les matelots étaient pour l'ordinaire des gens grossiers, et que ce n'était pas par eux qu'il fallait juger de la civilisation, il feignit de ne me pas entendre et changea de conversation.

Une autre fois, il faisait à table quelques plaisanteries au sujet des missionnaires et de leurs doctrines religieuse ; un convive maladroit s'avisa pour défendre les prédicants de dire que leurs préceptes étaient au moins fort bons pour les enfants. Comment, reprit vivement le roi, les enfants ne deviendront-ils pas des hommes ?

Ce même jour il me parlait d'un M. Albran, qui pendant son séjour à Foulpointe avait été chargé près de lui d'une mission du Gouvernement français.

« Ce Mr., me dit-il, annonça qu'il était porteur d'une lettre du Gouverneur de Bourbon, et qu'il désirait me voir. Je lui fis savoir qu'étant en ce moment malade de la fièvre, je ne pouvais pas le recevoir et que je le priais de remettre la lettre à mon aide-de-camp. M. Albran répondit qu'il ne pouvait remettre cette lettre qu'à moi-même et qu'il allait retourner à Bourbon ; il partit en effet quelques instants après.

« Comment, ajouta le roi, M. Albran a-t-il pu trouver mauvais que je ne voulusse pas le recevoir ? Le roi de France malade est-il obligé de donner audience à qui la demande ? »

18 avril.

Après 18 distances du soleil à la lune, j'ai trouvé pour terme moyen de la longitude du jardin d'Ampary-drahasaly, 43° 59' 20" à l'Est du méridien de Paris. M. Hastie avait trouvé précédemment 43° 57' 44".

On est venu ces jours derniers demander au roi la permission de donner le *Tangainy* (prononcez Tangaine) à six personnes accusées de maléfices, et le prince a eu la faiblesse de consentir à cette affreuse pratique dont pourtant il connaît l'abus. Deux des accusés sont morts sur le champ, et les quatre autres, épouvantés de leur sort, ont avoué qu'ils étaient réellement sorciers, et ont demandé comme une grâce d'être faits esclaves au lieu de prendre le Tangainy.

Ce Tangainy est le suc vénéneux d'un fruit assez commun à Madagascar. Deux personnes s'accusent réciproquement d'un crime. Si elles ne peuvent produire de preuves convaincantes de leur innocence, elles sont forcées à prendre le Tangainy. Celle des deux qui survit aux effets du poison est considérée comme innocente, mais il n'est pas rare de voir périr les deux parties.

Radama, éclairé par M. Hastie, reconnaît depuis longtemps le peu d'efficacité du Tangainy pour le but que l'on se propose en l'administrant, et le tort réel qu'il fait à la population ; mais il est difficile de détruire tout d'un coup des préjugés profondément enracinés. Le prince s'était borné pour le moment à défendre que l'on donnât le Tangainy aux hommes, et il fut décidé que dorénavant deux chiens, choisis par les parties, seraient soumis aux épreuves à la place de leurs maîtres.

Une autre coutume non moins cruelle désolait Madagascar. J'ai déjà dit que les Ambaniandres reconnaissaient des jours heureux et malheureux. Tous les enfants qui naissaient dans ces jours malheureux étaient immolés sans rémission. Le roi a encore aboli cet affreux usage, et les peines sévères qui ont été décernées contre ceux qui se rendaient coupables de ces meurtres font espérer qu'ils vont au moins devenir fort rares.

C'est ainsi que M. Hastie (car c'est toujours à lui qu'il faut rapporter une bonne partie du bien qui se fait en ce pays) c'est ainsi, dis-je, que M. Hastie détruit peu à peu, et l'un après l'autre, les nombreux préjugés qui s'opposent au développement de l'esprit naturel de l'Ambaniandre et conduit ce peuple vers les arts, auxquels son génie particulier semble l'avoir destiné.

M. Hastie est fortement secondé par Messieurs les missionnaires dont le zèle est véritablement digne d'éloges. Une petite promenade que je viens de faire avec quelques uns de ces Messieurs m'a tout-à-fait donné lieu de connaître et la difficulté de la tâche qu'ils ont à remplir, et le succès vraiment extraordinaires qu'ils ont déjà obtenus de leur travail.

Nous sommes d'abord allés à Fenouarivou (mille complet), beau et grand village à 9 milles dans l'Ouest de Tananarive.

Le chemin qui y conduit est une longue chaussée pratiquée dans la plaine marécageuse qui environne la capitale. Plusieurs ponts d'une construction assez difficile à décrire, et dont l'un a neuf arches, se rencontrent sur cette route qui est coupée de trois rivières et de nombreux canaux. On faisait en ce moment la récolte du riz et la plaine était couverte de moissonneurs qui recueillaient fort silencieusement le fruit de leurs travaux. Des essaims d'oies, de canards glanaient auprès des moissonneurs, tandis que les troupes de chiens affamés donnaient la chasse aux sauterelles. Il y a à Fenouarrive une école dirigée par M. Canham qui peut être fier de ses élèves, dont j'ai surtout admiré les jolies écritures. M. Canham s'occupe dans ses instants de loisir d'un vocabulaire Ambaniandre qui offre déjà une collection de 9.000 mots.

Les campagnes de Fenouarrive, aussi déboisées que celles de la capitale, sont beaucoup plus fertiles. Au sortir de Fenouarivou nous nous sommes rendus chez M. Rowland, autre missionnaire qui demeure à 12 milles plus loin dans le Sud-Ouest, en un village nommé *Antsaha-diniteny* (la terre des sangsues). Cet endroit est très montagneux. L'habitation de M. Rowland est sur un monticule d'où l'on aperçoit un grand nombre de villages, tous situés au sommet des montagnes. Les guerres continuelles qui ont désolé Émirne pendant le règne des prédécesseurs de Radama obligeaient les naturels de choisir ces positions pour se préserver de l'invasion de leurs ennemis. Aussi tous les villages de cette contrée sont-ils fortifiés et environnés de fossés dont la profondeur est vraiment étonnante et a dû exiger des travaux longs et pénibles. En promenant mes regards sur le pays très aride qui environne Antsaha-diniteny, j'ai remarqué avec étonnement une énorme roche suspendue au sommet d'une montagne à une grande distance dans le Sud du village. Elle m'a paru mériter une visite, et je m'y suis rendu avec le missionnaire Chick.

Rien en effet n'est plus admirable : une masse de granit haute de 250 pieds et large de 200 environ sans veine ni gerçure, et placée comme par enchantement sur le sommet d'une montagne sur laquelle elle s'incline de 15 degrés ; telle est *Anvatou-malaza* la *Roche fière*, nom parfaitement approprié à l'idée que fait naître son aspect vraiment imposant. Un seul côté de cette roche présente aux curieux un accès fort difficile. M. Chick m'a proposé d'y monter, mais j'ai cru devoir le laisser courir seul cette périlleuse aventure. Suivant son récit, Anvatou-malaza présente un plateau de 40 pieds carrés au milieu duquel il y a une petite citerne qui paraît être l'œuvre des hommes. Cette roche, en effet, fut autrefois habitée. Elle était la retraite d'une troupe de brigands qui, profitant des guerres qui désolaient la province, se répandaient la nuit dans les campagnes pour enlever les femmes et les enfants qu'ils allaient ensuite vendre aux étrangers.

Plusieurs roches, toutes prodigieuses, se voient au pied d'Anvatou-malaza ; quelques unes ont roulé jusque dans la plaine qui est dans l'Est de la montagne, et les éclats énormes qui les environnent attestent encore de leur épouvantable chute dont la commotion a pu se faire ressentir jusqu'à Tananarive. Croira-t-on qu'un village populeux est caché parmi ces roches caverneuses ? Croira-t-on aussi que le bœuf, animal ami des plaines, se promène paisiblement au milieu de ces précipices avec le cabri et le mouton ?

Les habitants d'Avantou-malaza m'ont paru aussi sauvages que le site où ils passent leur vie. Une pauvre chaumière dans laquelle nous sommes allés nous mettre à l'abri de la pluie, nous a offert le tableau de la plus profonde misère. Un vieillard aveugle a chanté en s'accompagnant du *valy* les louanges de Radama et les nôtres. Les Ambaniandres sont improvisateurs, mais il ne faut pourtant pas leur en faire un trop grand mérite, car ces impromptus ne sont que quelques épithètes dictées par la flatterie et reproduites sans cesse dans le même chant avec des inversions qui multiplient les expressions sans ajouter au sens.

En nous en retournant à Tananarive les missionnaires se sont arrêtés dans plusieurs villages pour y inspecter leurs écoles dont les élèves m'ont paru beaucoup plus instruits que je l'imaginais.

20 avril.

J'ai remis jusqu'à présent à parler de l'industrie des Ambaniandres afin de traiter ce sujet avec plus de connaissance. Les besoins très circonscrits de ce peuple ne lui ont encore fait imaginer qu'un très petit nombre de professions dont deux sont exercées par les femmes.

Le fer, l'or et l'argent sont travaillés par des ouvriers appelés panefy (forgerons), ou panao-voula (faiseurs d'argent), réunis en deux corporations rivales nommées Avaradranou (nord de l'eau) et Emerinatsimou (sud d'Émirne). Il sort de la main de ces hommes des ouvrages d'autant plus surprenants que leurs outils sont en très petit nombre et fort imparfaits. Tout l'atelier d'un forgeron Ambaniandre consiste en une enclume carrée du poids de 25 livres, un marteau de 2 livres et un soufflet. Ce soufflet mérite d'être décrit : c'est une pièce de bois percée de deux trous cylindriques disposés comme les canons d'un fusil double. Dans la partie intérieure de chaque cylindre est un petit trou dans lequel on insère une des branches d'un tuyau de fer en forme d'Y dont le conduit principal réunit le vent, que deux refouloirs à soupape pressent alternativement au fond des cylindres. C'est pourtant à l'aide d'instruments si grossiers que l'industrieux Ambaniandre imite nos sabres, nos batteries de fusil et même notre argenterie ciselée. C'est de ces pauvres ateliers que sortent ces jolies chaînes d'or et d'argent qui étonnent même les orfèvres européens.

Les *Pandrafitou* sont les charpentiers ou menuisiers du pays ; leurs outils sont en plus petit nombre et plus grossiers encore que ceux des *panefy*.

Les couvreurs, *Panao-tafountrana*, et les maçons, *Panao-vatou*, forment encore deux professions distinctes.

Ce sont les femmes qui font les poteries et la toile ; les poteries se font à la main, sans tour ; et chaque pièce est cuite séparément au milieu d'un brasier de charbon. Ces sortes d'ouvrages sont grossiers et peu solides ; mais je ne sais ce qui mérite le plus d'admiration, de la beauté des tissus des Ambaniandres on de la simplicité avec laquelle on les fait. On distingue trois sortes de tissus : ceux de coton, *Toutouranou* ; de soie, *Cacheny* ou *Lamba-mena* ; et de rafia, *Zabou*.

Il est difficile de décrire les métiers dont on se sert pour faire ces toiles parce que chaque ouvrière l'arrange à sa guise. Ce sont ordinairement quatre piquets plantés en terre, sur lesquels sont soutenus et fixés deux bois cylindriques, servant, l'un à retenir l'extrémité des fils, et l'autre à rouler la toile à mesure qu'elle avance. Un long bâton poli et fourchu sert de navette. Deux rateaux auxquels sont attachés autant de petits fils qu'il y en a dans la trame, servent à hausser et à abaisser alternativement ces derniers.

Lorsque l'on voit une belle Cacheny sur le métier, et que l'on considère l'imperfection de cet instrument, on a réellement de la peine à en croire ses yeux. Quelle patience pour conduire heureusement à sa fin un ouvrage aussi délicat avec un métier si désavantageux ! Une de ces jolies toiles demande 5 mois d'un travail assidu. J'en ai vu qui allaient sortir du métier après ce long espace de temps, et la soie en était aussi propre, aussi fraîche que le premier jour. À quel point de perfection dans les arts la civilisation ne doit-elle pas conduire un peuple que la nature seule a déjà mené si loin !

7 mai.

Ce jour est une grande fête chez les Ambaniandres ; c'est le premier de leur année qui est lunaire. On se prépare à cette fête qui se nomme *fondrouiny* par le bain, la lessive des vêtements et le nettoiement des maisons. Le roi prend son bain en public et l'eau dans laquelle il s'est plongé, devenue lustrale par cette cérémonie, est répandue sur le peuple qui reçoit cette aspersion par des acclamations réitérées de : *Trarantitra aza maroufy*, (Qu'il vive longtemps sans incommodités). Le lendemain, à la pointe du jour, une quantité considérable de bœufs, assemblés pendant la nuit dans la cour du palais, reçoit la bénédiction du roi, après quoi les Ambaniandres se dispersent, emmenant avec eux les bœufs bénis qu'ils s'en vont tuer. Toute la ville n'est plus qu'une dégoûtante boucherie. Ici une troupe de naturels se partage avec avidité la chair de l'animal qu'ils venaient d'abattre ; quelques uns plus loin font déjà rôtir ses entrailles encore palpitantes. Là un taureau auquel on vient d'enfoncer le couteau se relève furieux sous le coup qui l'a frappé ; le désespoir lui donne des forces, il va au moins venger sa mort, il se précipite sur ses meurtriers ; tout fuit à son approche, mais bientôt il retombe ; on se jette sur lui ; il n'a pas encore expiré et déjà son corps est mis en morceaux.

Cependant de toutes parts arrivent au palais des hommes portant chacun sur la tête le quartier de derrière d'un bœuf avec sa queue. Ce sont des offrandes que l'on fait au roi et à la famille royale. Nul Ambaniandre n'oserait se dispenser de cet hommage ; mais toutes les offrandes ne sont pas acceptées, et l'on se contente de l'intention.

Le jour du *fandrouiny*, on s'envoie réciproquement en cadeau des morceaux de viande, et lorsque l'on se présente dans une maison, le maître vient au-devant de vous avec une assiette de riz et de viande qu'il vous invite à partager avec lui. Il faut se rendre à cette invitation et goûter au moins le mets présenté, puis chaque personne se met sur la tête une pincée de riz en prononçant ces paroles : *Samba-samba Andriamanitra. – Trarantitra Andrian-manjaka.* « Que Dieu vous bénisse et accorde une longue vie au roi » C'est ainsi que le nom du roi se mêle à toutes les cérémonies religieuses, et même aux souhaits dictés par la politesse ou la reconnaissance. Lorsque vous rendez quelque service à un Ambaniandre, il vous en remercie en souhaitant au roi *toutes sortes de prospérités*, et à vous *l'amitié de ce prince chéri* : « Trarantitra Andriamanjaka, veloma hianao tompokolahy ». C'est ordinairement le lendemain du fandrouiny que le roi part pour la guerre avec tout son peuple, mais cette année il demeura à Tananarive.

12 mai.

J'ai dit que l'année Ambaniandre était lunaire ; elle est composée de douze mois qui sont : Alahamady, Adaorou, Adizaoza, Asouroutany, Alahasaty, Asoumboula, Adimizana, Alakarabou, Alakaosy, Adijady, Adalou, Alauhoutsy. Le mois Alahamady, qui est le premier de l'année, commence avec la lune de mai.

Chaque mois a quatre semaines qui, comme les nôtres, sont composées de sept jours, qui se nomment : Alatsinainy, Talata, Alaroubia, Alakamisy, Zouma, Asaboutsy, Alahady, ce dernier répond à notre Dimanche.

Cette division de la semaine et de l'année, ainsi que la connaissance d'un seul Dieu et la circoncision paraissent avoir été apportés à Madagascar par les Arabes. C'est à eux aussi sans doute que les Ambaniandres doivent leurs connaissances astronomiques qui, sans être étendues, leur donnent au moins une idée assez juste de la forme et du mouvement de notre système planétaire. L'art de s'orienter par l'inspection des astres est chez eux d'un usage si fréquent qu'il semble familier même aux enfants. On a divisé l'horizon en 16 parties ; et lorsque vous demandez à un Ambaniandre la direction d'une route ou la demeure d'un particulier, au lieu de vous répondre d'une manière vague comme le fait le peuple en Europe, il vous indiquera nommément et avec précision les points de l'horizon vers lesquels vous devez successivement vous diriger. J'ai eu plus d'une fois l'occasion de reconnaître ce talent pour s'orienter même au milieu des bois et dans des pays tout à fait inconnus à mes compagnons de route. Leurs quatre points cardinaux sont : le Nord, *avaratra* ; l'Est, *atsinanana* ; le Sud, *atsimo* ; l'Ouest, *andrefana*.

J'eusse dû peut-être, en parlant des forgerons, dire quelque chose de la manière dont ils travaillent le fer, du pays où ils trouvent ce métal et des procédés qu'ils emploient pour exploiter la mine ; mais ces notes, fruit de l'inspiration du moment, n'ont d'autre ordre que celui de mes idées. Aujourd'hui je traite un sujet et je ne dis qu'une partie de ce qu'il y a à dire, parce que ma mémoire ne m'en fournit pas davantage en ce moment. Une autre fois j'y reviens et je m'occupe presque au même instant de deux sujets tout à fait étrangers l'un à l'autre.

M. Chick, ouvrier missionnaire fort instruit, prétend que le fer de Madagascar est supérieur à tous ceux que nous connaissons en Europe. Sa malléabilité peut être comparée à celle du cuivre. Toute la partie de Madagascar que j'ai parcourue annonce la présence du fer ; mais dans la province de Mourankahy qui est dans l'Ouest de celle d'Émirne, la mine en est si abondante que les naturels la ramassent à la surface de la terre où elle se trouve sous la forme d'un sable noir luisant, de la grosseur du doigt et au-dessous, et très attirable à l'aimant.

Rien de plus simple que la manière dont les Ambaniandres fondent le fer. Un petit fourneau de pierres enduites de terre glaise, découvert dans la partie supérieure et percé au bas de deux trous, dont l'un sert à donner une issue aux cendres et l'autre à faire passer le tuyau du soufflet à double cylindre précédemment décrit, reçoit le minerai qui y est placé sur des couches alternatives de charbon. Au bout de six heures la fusion commence, et comme la chaleur n'est jamais égale, tout ne fond pas à la fois. À mesure qu'une partie devient liquide elle se précipite au fond du fourneau où on la trouve après l'opération sous la forme de scories moins impures qu'elles ne le paraissent et qu'elles ne devraient être, et déjà susceptibles d'être aisément travaillées au marteau.

Le malgache ne connaît point la manière de purifier le fer mais il le bat avec tant de patience, le passe si souvent au feu, et la mine d'ailleurs est de si bonne qualité que le fer obtenu par le procédé que je viens de décrire est supérieur même à celui de Suède.

21 mai.

Un incendie terrible a consumé cette nuit le chantier de Mr. Gros, architecte du roi, avec quinze maisons du voisinage. Le roi a couru des premiers au feu ; on a battu l'alarme, et dans un instant tout Tananarive s'est transporté sur le lieu de l'incendie. Malgré ce secours, on n'a pu rien sauver.

Cet accident m'a encore fait connaître un usage du pays que je trouve plus propre à encourager des fléaux de ce genre qu'à en arrêter le cours. Tous les débris de l'incendie appartiennent au public qui se les partage avec une rapidité au moins égale à celle du feu. Les gens qui demeurent dans l'ouest de l'incendie ont seul droit au partage des débris incendiés ; ceux de l'est n'y peuvent prétendre. Est-ce superstition ? Je le crois, car tout est superstition chez un peuple ignorant.

Une épidémie règne en ce moment dans l'ouest de la province d'Émirne. Le *Lamba-mena* (Toile rouge) y a été transporté. C'est une flamme de drap rouge que les superstitieux Ambaniandres regardent comme un talisman protecteur. Presque tous les villages ont le leur, et son nom change suivant les vertus qu'on lui attribue. Le roi en a un dans son palais que l'on nomme *Manjaka-tsy-Roua* (Il n'y a pas deux rois). C'est le gardien du trône et le défenseur de la légitimité. Le roi dans les grandes fêtes danse avec lui au milieu de son peuple ; seul il a le droit d'y toucher, et la colère du ciel punirait infailliblement le particulier dont la main sacrilège y serait portée.

On voit à Anvatou-mangue (Pierre bleue) une petite figure de pierre nommée Ra-oudy-vatou (La pierre médecine) à cause de ses propriétés reconnues de tous les bons Ambaniandres.

Un événement malheureux vient de se passer en un village à 2 lieues dans le sud de Fenouarrivou. Un Ambaniandre habitant de cet endroit avait parmi ses esclaves une jeune femme et deux enfants en bas âge. Cet homme dur et injuste maltraitait à chaque instant la pauvre famille que le sort avait réduite à le servir. La mère supportait avec patience et résignation les mauvais traitements qui lui étaient personnels, mais sa tendresse maternelle gémissait en secret chaque fois que la brutalité du maître s'étendait sur les innocentes créatures dont l'âge et la faiblesse eussent dû toucher le cœur le plus féroce. Un jour enfin son indignation ne put se contenir davantage, et elle osa déclarer à son maître qu'elle allait mettre sa famille à l'abri de ses vexations. Le lendemain à la pointe du jour elle se rendit avec ses deux enfants au milieu d'un champ de manioc, et là après avoir coupé la gorge à ses deux valeureux enfants, elle se pendit elle-même à un arbre. On a donné la sépulture aux deux enfants ; mais le corps de la mère est demeuré exposé au lieu même où elle a péri, en punition du triple meurtre dont elle s'est rendue coupable. Et le maître..., ne méritait-il aucune punition ?

27 mai.

Je suis allé il y a quelques jours me promener avec des officiers du roi à *Masouarive* (mille yeux), village situé à trois milles dans le sud-est de Tananarive. Radama avait choisi cet endroit pour en faire sa résidence et déjà la population en était considérable ; mais un incendie occasionné par l'explosion de quelques barils de poudre a tout détruit et détourné Radama de ses projets.

Masouarive est plus agréablement situé que Tananarive. Une jolie rivière navigable aux pirogues coule en serpentant dans la plaine sablonneuse qui est dans le sud-est du village et vient passer au pied même du petit monticule sur le penchant duquel était bâtie la ville. Dans l'ouest sont des terres à riz (Tany-vary) qui s'étendent jusqu'au pied de Tananarive dont la montagne toute déchirée de ravins et dont les maisons bâties en amphithéâtre offrent un aspect qui n'est pas sans agrément.

Les campagnes d'Émirne, quoique déboisées, ne laissent pas de flatter agréablement la vue en raison de la diversité des cultures que l'on y remarque, et surtout à cause de la quantité vraiment étonnante de villages que l'on aperçoit sur toutes les montagnes et même au milieu des plaines marécageuses.

Mes compagnons de voyage m'ont donné sur le commerce et les costumes de leurs compatriotes beaucoup de détails parmi lesquels j'ai choisi pour reproduire ici ceux qui s'accordent avec mes propres observations.

Le malgache a l'esprit naturellement porté au commerce, et ce goût mercantile nuit même aux travaux de l'agriculture qu'il abandonne souvent pour se livrer à des spéculations peu lucratives, mais qui favorisent son penchant et sa paresse naturelle.

Outre le marché journalier qui se tient à Tananarive au dessus du palais, il en existe encore chaque jour de la semaine dans différents endroits de la Province. C'est là que les naturels vont y trafiquer des différents produits de leur industriel. On y trouve encore des bœufs, des moutons, des porcs, des toiles de soie et de coton, du sel, du riz, etc. Les réunions sont nombreuses, les arabes et les indiens y viennent apporter de la soie teinte que les Ambaniandres ne savent pas encore colorer d'une manière agréable et solide. Les marchandises sont étalées par terre, sur des nattes. Chaque marchand est muni d'une petite balance, qui lui sert à peser l'argent. C'est encore au marché que se vendent les esclaves. (L'esclavage chez le malgache n'est point considéré comme avilissant par ce qu'étant accidentel, aucune classe de la société n'en est exempte. Le noble devenu esclave jouit toujours des prérogatives attachées à son rang. Tout esclave d'ailleurs a la faculté de se racheter).

Costumes

Le vêtement des deux sexes est à peu près le même, et le manteau des femmes ne diffère de celui des hommes que par un peu plus d'ampleur. Les uns et les autres le jettent à peu près comme les Romains leur toge. Ce vêtement est d'autant plus embarrassant qu'il est du bon ton de le laisser traîner par derrière. Outre ce vêtement qui porte le nom de Toutouranou, de Cacheny, etc., suivant qu'il est de coton ou de soie, etc., quelques femmes ont encore un petit justaucorps nommé Akanzou ; il est ordinairement de soie. Le costume des gens du peuple et des esclaves ne diffère de celui des grands que par la qualité des étoffes, et par une excessive saleté qui lui est particulière.

Les Ambaniandres ont presque toujours la tête nue, leur coiffure est variée et généralement agréable. On peut compter jusqu'à 10 coiffures différentes pour les femmes. Voici les plus remarquables : Vouny-tsy, Tounga-tounga, Voany-fautouny, Voulou-farana, Fehy-voulou, Farangitra (coiffure en usage le jour de la circoncision) Vouny-tsira, Miha-voulou (coiffure de deuil), et Ampanga (coiffure de cérémonie). Les jeunes personnes qui ne sont pas encore mariées se rasent le derrière de la tête.

QUATRIÈME PARTIE

Itinéraire de Tananarive à Foulpointe et Tamatave par les provinces du Nord

3 juin.

Ayant achevé et remis au roi les différents portraits qu'il m'avait demandés, j'ai cru devoir profiter du retour de la bonne saison pour me rapprocher des bords de la mer. Je suis allé en conséquence prendre congé de Sa Majesté, qui m'a témoigné le regret qu'il avait de me voir partir, et m'a engagé à revenir le voir lorsque son palais serait achevé.

Le 29 mai, à 3 heures de l'après midi, je suis parti de Tananarive avec 100 hommes commandés par un colonel de la milice bourgeoise pour aller coucher au petit village d'Ankady-kely, qui n'est qu'à 9 milles dans le Nord-Est de la capitale. De là je me suis rendu à *Ambouhitra-biby*, village où j'avais séjourné l'année précédente, ensuite à Toumpounaly, que j'estime à 21 milles dans le N.-E. d'*Ankady-kely*. C'est là que m'ont quitté le colonel et les 100 hommes qui m'avaient accompagné depuis Tananarive. Ils ont de suite été remplacés par une escorte semblable et un nouveau colonel qui, pour me rendre plus agréable la soirée que j'avais à passer à *Toumpounaly*, a fait venir dans mon logement une troupe de chanteuses et de danseurs, parmi lesquels il a lui-même figuré.

La danse Ambaniandre est agréable, son mouvement est celui de l'Anglaise. Le danseur y peut déployer de la grâce et de la souplesse. On y remarque des situations voluptueuses, mais jamais cette lascivité indécente du Sèga créole (danse des esclaves de Maurice), auquel j'ai vu avec la plus grande surprise assister des dames honnêtes.

Le 1er juin, à 11 heures, je me suis arrêté à *Ambouhitritankady*, capitale de l'ancienne province de Zanakandrianisy, maintenant réunie à celle d'Émirne. C'est le domaine particulier de Rafaralahy Andriantiana, qui n'a plus dans ce pays, que son père gouvernait en roi, qu'une femme, une maison et des troupeaux.

Ambouhitritankady a soutenu plusieurs sièges. On ne trouve à présent d'autres traces de son existence que des fossés profonds et quelques débris de murs couverts de mauve. Cet endroit est situé à 12 milles dans le nord-est de *Toumpounaly*. À 9 milles plus loin en s'avançant toujours vers le nord-est, on trouve *Ranou-mahavelouna*, dont les environs bien moins peuplés et cultivés que ceux de Tananarive, présentent au surplus la même conformation montueuse. Sur la route d'*Ambouhitratankady* à Ranou-mahavelouna, à peu de distance d'un village nommé *Ambouhy-malaza*, nous avons rencontré un cercueil élevé sur 4 piquets ; personne ne le gardait quoique couvert d'ornements précieux pour le pays. C'est encore là une preuve de ce que j'ai dit précédemment sur le peu d'inclination pour le vol que l'on remarque chez les Ambaniandres.

J'ai passé la nuit à *Ranou-mahavelouna*, et le lendemain je me suis rendu d'une seule traite à *Ankazoubé*, dernière place forte de la province d'Émirne. Le colonel commandant a jugé à propos de m'y recevoir avec les honneurs militaires, et je suis entré dans le village au milieu d'une foule de femmes et d'enfants que la curiosité avait attirés sur mon passage. Il y a 30 milles de *Ranou-mahavelouna* à *Ankazoubé*. Ce dernier village est situé au pied et à l'ouest d'une chaîne de montagnes qui vient du sud et s'avance vers le nord en s'arrondissant peu à peu vers l'est. Ces montagnes et les plaines qui sont au-dessous paraissent arides et entièrement incultes.

J'ai remarqué sur la route quelques rochers basaltiques d'un noir foncé. La terre qui les avoisine est jaune et rougeâtre. Quelques blocs de cailloux et beaucoup de craie blanche, toujours du mica.

En sortant d'*Ankazoubé*, où j'ai encore changé de colonel et d'escorte, et après avoir grimpé avec peine jusqu'au sommet des montagnes, j'ai eu le déplaisir de voir la route se diriger vers le sud-est, point vers lequel nous n'avions aucune affaire. Enfin, au bout de quelques heures, nous avons repris la route du nord-est qui nous a conduits à *Anbandantsara*, puis à *Andouboufouhy*, dernier village d'Émirne, à 18 milles à l'est-sud-est d'*Ankazoubé*.

Rien n'a attiré mon attention dans ce court trajet, qu'une étonnante quantité de sauterelles, dont les colonnes serrées ne fuyaient pas même à notre approche et se laissaient écraser sous les pieds. Le pays s'abaisse sensiblement depuis *Ankazoubé* en s'avançant vers l'est. À peu de distance d'*Andouboufouhy* on trouve une chaîne de montagnes dont la crête est couverte de bois et de bruyères. Ce sont les limites de la province d'Émyrne.

Au sortir de ces montagnes, on entre dans la plaine des Bezouzounes, dont le premier village est *Anbakalouha*, que j'estime à 9 milles dans le nord-est d'*Andouboufouhy*.

Anbakalouha est de ces endroits privilégiés que la nature s'est plu à enrichir de tous ses dons. Qui fixera l'admiration du spectateur, de cette vaste plaine couverte d'une herbe aussi haute que les nombreux troupeaux qui y paissent, et coupée de rivières et de ruisseaux, de ces montagnes couvertes de forêts au milieu desquelles l'œil découvre à chaque instant un joli village qui avait d'abord échappé à ses regards et qui semble tout à coup sortir du feuillage comme par enchantement ; ou de ces rochers noirs sur lesquels vient enfin s'arrêter la vue après avoir parcouru une immense étendue de pays aussi plat que la surface d'un lac ! Le climat d'*Anbakalouha* doit être sain et les renseignements de mes compagnons de route confirment cette opinion que m'avait fait naître la position du pays.

8 juin.

Au sortir d'*Anbakalouha* on entre dans un désert dont l'ennuyeuse solitude n'est réveillée que par quelques troupeaux de bœufs sans gardiens. On marche pendant 20 milles sans trouver aucune sorte d'habitation, puis enfin le pays devient peuplé et cultivé ; l'on arrive à *Mery-manjaka* où j'ai vu des bœufs aussi beaux que ceux d'Europe. Les habitants paraissent riches et heureux. Encore 9 milles et l'on est à *Anbatoudrajaka*. J'y ai encore été accueilli par mon ancienne connaissance Andriantsalama, qui m'a engagé à prendre la route de la plaine pour me rendre à Foulpointe, comme plus praticable et même plus curieuse.

À 9 milles dans le nord-est d'*Anbatoudrajaka*, je me suis arrêté au village d'*Anbongabé*, qui est le premier de la province ou plaine d'*Antsyanaka*.

J'ai ensuite successivement rencontré *Andrebou*, village situé au milieu des marais ; *Mery-salazana*, petite place forte commandée par un officier Ambaniandre ; et enfin *Tsaraoul-Naïnena* qui est sur la lisière de la grande forêt. Dans ce trajet j'ai côtoyé le Grand lac d'*Antsianaka* qui a plus de 8 lieues de long sur au moins 4 de largeur. Sa direction est à peu près nord-est-sud-ouest. Il donne naissance à la rivière de *Manangourou*, qui serait un grand fleuve sans les rochers nombreux qui divisent son cours. Les bords du lac et de la rivière sont peuplés d'oiseaux aquatiques dont on ne peut comparer le nombre prodigieux qu'à celui des troupeaux qui paissent sur ces mêmes bords.

Antsianaka, dit-on, le pays le plus riche de Madagascar ; toute sorte de culture y réussit, mais le riz, le coton et la canne à sucre s'y font particulièrement remarquer. Si les communications avec la côte étaient plus faciles, je ne doute pas qu'*Antsianaka* ne devînt un des plus intéressants du monde par son commerce.

On fait à *Tsaraoulnaïnena* et dans les autres villages d'Antsianaka avec le miel et le jus de cannes, une liqueur de bon goût et très capiteuse. Ce sont les femmes qui préparent cette boisson, et les maris, en parlant des bonnes qualités de leurs épouses, n'oublient pas de dire : Qu'elle est très entendue à faire le *Touaka* (Mahoy manao touaka). Mes compagnons de voyage ont pris tant de goût à cette liqueur qu'il m'a fallu demeurer un jour entier à *Tsaraoulnaïnena* pour attendre qu'ils fussent en état de continuer leur route. Je crois *Tsaraoulnaïnena* à 33 milles nord-est d'Anbongabé.

Le pays d'Antsianaka passe pour très malsain ; cependant je crois qu'on ne veut alors parler que des villages situés dans la plaine, car je ne pense pas que le climat puisse être uniforme dans une vaste étendue de terre dont une bonne partie est montueuse et fort éloignée des marais dont les exhalaisons peuvent rendre l'air malfaisant. J'ai d'autant plus de raison de croire à la salubrité de la partie montueuse d'Antsianaka que, par la conformation et la nature de son lac, elle ressemble davantage à la province d'Émirne.

14 juin.

En quittant *Tsaraoulnaïnena*, la route tourne vers l'est et l'on entre dans le bois. Les chemins qu'on y a frayés n'ont rien de remarquable que leur difficulté. On passe plusieurs rivières dont les plus considérables sont *Mananbatou* et *Salanguiny*, qui vont toutes deux se joindre à la *Manangourou*. Leur lit est large et profond. Elles roulent dans leur cours diverses sortes de pierres dont quelques-unes transparentes. Leur eau vive et pure contient beaucoup de sangsues, fort incommodes pour les voyageurs qui doivent boire avec précaution. Nous avons eu beaucoup à souffrir du froid durant ce trajet, pendant lequel la pluie n'a pas cessé un seul instant. Après 54 milles très pénibles, nous avons enfin aperçu avec plaisir le pays d'*Ambanivoulou* dont le climat doux nous a fait renaître. C'est au surplus le seul avantage qu'offre ce pays dont les montagnes mêmes sont tellement boueuses et glissantes qu'on y marche avec la plus grande difficulté. Nous avons couché à *Oulontsy-maloutou*, dont les habitants nous ont assez mal reçus. Le lendemain nous nous sommes acheminés vers *Mahambou* où nous sommes arrivés après une des journées les plus fatigantes et les plus désagréables de tout le voyage. Laïfiny, le chef du village, nous a au moins fait bon accueil, et nous nous sommes dédommagés chez lui des peines que nous avions eues pour nous y rendre.

Le village de *Mahambou* est grand et bien situé ; une rivière assez considérable coule au pied des maisons, mais les hautes montagnes qui l'environnent doivent en concentrant la chaleur et en arrêtant la libre circulation de l'air rendre cet endroit malsain. *Mahambou* est à 74 milles est de *Tsaraoulnaïnena*. J'y ai été témoin d'une pratique que je ne m'étais pas encore trouvé à lieu de remarquer. Tandis que, suivant mon usage, j'étais à prendre note de mes observations sur la route, est arrivée malade la mère de Laïfiny. Ce bon fils, inquiet du sort de sa mère, a présenté aux vieillards qui m'accompagnaient un sac rempli d'une espèce de petites fèves en les priant de tirer le *Sikidy* (sort) de la malade.

L'un d'eux a pris le sac, et après avoir invoqué Andriamanitra, a formé avec les fèves qu'il prenait au hasard, tantôt plus tantôt moins, trois carrés échiquetés dont chaque case contenait une ou deux ou même trois fèves. Puis il a demandé à Laïfiny le nom de sa mère, son âge, etc., et après avoir quelque temps réfléchi, il a dit avec un ton sentencieux : « Jeune homme, ta mère n'est pas encore morte » Cette réponse était fort adroite, et la mort de la femme qui eut lieu deux jours après ne pouvait pas même la démentir. La cérémonie du sikide terminée, le sorcier appelé Reny-tsy-matourou, qui avait remarqué l'attention avec laquelle je l'examinais, m'a demandé si j'étais initié aux mystères du sikidy (Mahalala manao sikidy). « Sans doute », ai-je répondu. « Cela ne m'étonne pas », a-t-il repris, « que peut-on ignorer quand on lit ce qui est sur le papier ! » Les Malgaches ont en général la plus haute idée de l'art qui nous sert à communiquer nos idées et à connaître celles d'autrui par le moyen de figures qui leur semblent des caractères magiques. (On sent bien qu'en ce moment je ne veux pas parler des Ambaniandres qui sont la plupart en état de lire).

Laïfiny m'avait donné à lire quelques lettres écrites en malgache, dont ses connaissances ne lui permettaient pas de deviner le contenu. Rien ne pourrait exprimer l'étonnement de l'auditoire en me voyant m'énoncer tout à coup avec facilité dans une langue que je ne faisais que bégayer il y a quelques instants. Laïfiny surtout ne pouvait revenir de la surprise qu'il éprouvait en me voyant lui parler de ses affaires personnelles avec des détails qui ne pouvaient être connus que des personnes avec lesquelles il vivait.

Au reste, cette admiration excessive pour le talent de la lecture disparaîtra dans peu. Déjà elle n'existe plus que dans les villages les plus éloignés de Tananarivou et du commerce des étrangers. Mais, en disparaissant, elle fait place à un amour pour l'instruction, que je n'ai jamais vu chez les peuples civilisés.

À Tananarivou et en général dans la province d'Émirne, tout le monde veut savoir lire. On voit jusqu'à de vieilles femmes aller à l'école, et il n'est peut-être pas une maison dans laquelle on ne trouve un tableau où sont tracées les lettres de l'alphabet.

16 juin.

La route de *Mahambou* à *Foulpointe* est longue et pénible, et ce n'est qu'après 57 milles au milieu de plaines fangeuses et de montagnes couvertes de bambous dont les souches et les rameaux entrelacés rendent la route aussi dangereuse que difficile, que l'on arrive enfin à *Amboudiriana*, puis à Foulpointe qui semble un lieu de délices au sortir de tant d'horreurs.

Toute la route n'est cependant pas également triste. Il est même quelques endroits en petit nombre où le voyageur s'arrête avec une sorte de plaisir. De ce nombre est *Antsahamarina*, grand village à douze milles dans l'E.-S.-E. de *Mahambo* et *Amboudiriana* pour qui j'ai toujours conservé la même affection.

J'avoue même que la pluie, qui est constamment tombée pendant ce trajet, peut bien avoir quelque part dans ma prévention contre cette partie des Ambanivoulou.

J'ai eu à traverser plusieurs plantations de riz qui sont bien différentes de celles d'Émirne. Ici la terre, d'elle-même et sans contrainte, rend au centuple les fruits qu'on lui a confiés. Là elle a besoin d'y être forcée par le travail opiniâtre d'un peuple que la misère a rendu laborieux. Il y a dans les Ambanivoulou deux sortes de terres à riz : les *taves* ou défrichés et les *ouraka* ou marais. Les riz d'*ouraka* peuvent se cultiver presque toute l'année parce que l'humidité constante du sol alimente sans cesse la végétation ; mais on a pourtant choisi pour en faire la plantation les mois de juillet et août qui font espérer la maturité en novembre et décembre, époque à laquelle les pluies sont encore rares.

Lorsqu'un Betsymisaraka a fait choix de l'*ouraka* où il veut planter, il y fait courir ses *bœufs* qui, s'enfonçant jusqu'au ventre dans ce terrain fangeux, le labourent dans tous les sens, mêlent l'eau avec la vase qu'elle recouvre et préparent un aliment substantiel qu'on y dépose immédiatement. C'est à cela que se borne toute la culture de l'*ouraka*, et le cultivateur attend avec patience l'instant fixé par la nature pour recueillir un fruit qui lui a si peu coûté.

La culture des taves n'est guère plus pénible ; mais elle est bien funeste au pays qu'elle déboise sensiblement. Le Betsymisaraka ne connaissant pas l'art de fumer les terres ni celui d'empêcher les dégradations, est obligé à chaque récolte de faire de nouveaux défrichés qui puissent lui offrir à la fois une terre meuble et engraissée par les décompositions végétales. Il commence par mettre le feu dans les bois qu'il veut planter de riz, et aussitôt que les pluies arrivent, les femmes s'en vont jeter la semence sur le terrain inondé qu'elles se contentent de remuer légèrement avec le pied. C'est, je n'en doute pas, à ce pernicieux usage qu'est due la destruction presque totale des bois de l'intérieur et de la côte occidentale de Madagascar.

J'ai trouvé à Foulpointe beaucoup de changements ; le nombre des maisons a beaucoup augmenté, et Rafaralahy instruit par le passé a reconstruit à neuf l'enceinte de madriers qui lui sert de retranchement et qu'il regarde maintenant comme imprenable.

24 juin.

J'ai moins trouvé de changement dans le caractère des habitants de Foulpointe que dans leurs maisons. Les traitants surtout m'ont paru tels que je les avais laissés. Toujours flatteurs, toujours envieux, toujours menteurs, toujours crédules. Ils se plaignent sans cesse des tromperies de leurs femmes, et n'ont pas encore songé à examiner si l'on pourrait se passer dans le commerce de cette espèce de courtiers femelles.

Sans cesse ils crient contre l'esprit soupçonneux des naturels et contre leur mauvaise fois, et ils oublient qu'on ne fait que suivre leur exemple.

Hier Rafaralahy, dans un grand cabary auquel j'assistais, disait aux Malgaches réunis : « Quelques personnes se plaignent d'avoir été volées ; je ne dois pas vous en accuser. Les voleurs ne peuvent être que des gens de la maison des Vazaha ». Telle est l'opinion qu'a donnée des blancs en général la conduite méprisable de quelques-uns d'eux. Et doit-on être surpris du peu de progrès dans la civilisation qu'ont faits les naturels de la côte malgré la fréquentation continuelle des étrangers depuis plus de 100 ans, lorsqu'ils n'ont vu de nos mœurs que ce qu'il y a de plus corrompu ! Qu'il serait à désirer pour l'honneur européen et même pour le commerce, que quelques personnes estimables vinssent se fixer dans ce riche pays dont l'insalubrité n'est redoutable qu'à ceux auxquels leur inconduite serait également funeste dans tout autre pays.

Il paraît qu'il est difficile de se préserver totalement de la fièvre, mais mon expérience, jointe à celle d'une infinité de personnes que je pourrais citer, fait voir qu'au moins on peut se garantir de ses effets funestes. Cette même expérience m'apprend encore qu'à quelques milles dans l'intérieur, il se trouve des lieux salubres. *Anboudiriana*, dont les montagnes sont élevées de plus de 200 toises au-dessus du niveau de la mer, et au pied desquelles coule sur un fond de cailloux une eau claire dont le cours rapide renouvelle l'air sans interruption, *Anboudiriana* serait-il une habitation insalubre ? Sa position sur le chemin de l'intérieur et auprès d'une rivière navigable dont l'embouchure n'est éloignée que de quelques milles, serait-elle désavantageuse au commerce ? Et si, engagé par la fertilité des terres qui l'environnent, l'habitant voulait joindre la culture au trafic, sa santé et ses intérêts auraient-ils à en souffrir ? Aucun sol ne convient mieux au café, aucun ne semble plus avantageux au mûrier et à l'éducation des vers à soie.

Mais où trouver des bras pour cultiver la terre ? C'est là sans doute une grande difficulté, mais d'une part, la probité, la constance, et la douceur du propriétaire, de l'autre l'assistance du gouvernement malgache qui taxerait le salaire des ouvriers, fixerait leur tâche, leurs obligations, et les forcerait à remplir leurs engagements, viendraient à bout d'utiliser la force de l'indolent Betsymisaraka que l'espoir d'un gain assuré attirerait toujours dans le champ de l'agriculteur qui n'aurait plus à redouter leurs caprices.

Puisse ce court aperçu d'amélioration produire l'effet que j'en désire. Puisse-t-il contribuer à acquérir à la civilisation un peuple bon, industrieux, parmi lequel j'ai trouvé des défauts et encore plus de vertus, chez qui j'ai goûté quelques instants de bonheur, et que je quitte avec regret.